Sabine Richling
Christina Lelewell

Liebe für immer und ewig

AF219774

Sabine Richling
Christina Lelewell

Liebe

für immer und ewig

Liebesroman

FSC
www.fsc.org
MIX
Papier aus ver-
antwortungsvollen
Quellen
Paper from
responsible sources
FSC® C105338

*Bibliografische Information der Deutschen Natio-
nalbibliothek:
Die Deutsche Nationalbibliothek verzeichnet diese
Publikation in der Deutschen Nationalbibliografie;
detaillierte bibliografische Daten sind im Internet
über http://dnb.dnb.de abrufbar.*

*© 2022 Sabine Richling & Christina Lelewell
Lektorat/Korrektorat:
Frank Lohmann
Coverbild: sara_winter/Shotshop.com*

*Herstellung und Verlag: BoD – Books on De-
mand, Norderstedt*

ISBN: 978-3-7543-8503-6

1

„Oh Gott, da ist ja der Schönling unserer Schule!", schreit mir Anita ins Ohr und zeigt hemmungslos mit dem Finger zur Bar. Die Musik ist so laut, dass ich ihre Worte kaum verstehe, aber als ich ihrem Blick folge, sehe ich Finn inmitten seiner versnobten Freunde stehen. Neben ihm klebt ein aufgebrezeltes Püppchen, das ihn schamlos anschmachtet.

„Meine Güte, hier lassen sie aber auch jeden rein!", erwidert Julia für mich, die mit uns auf der Tanzfläche abzappelt.

„Na und, was kümmert's uns?", sage ich, drehe mich mit meinem Rollstuhl und wackle damit im Takt zur Musik.

Finn ist ein Aufschneider, der jedem Rock hinterherschaut. Mit oberflächlichen Menschen kann ich nichts anfangen und er bestimmt auch nichts mit solchen wie mir. Immerhin ist sein Beuteschema eher blond und blauäugig sowie talentfrei. Ich bin weder das eine noch zähle ich mich zu dem anderen, zudem sitze ich im Rollstuhl – passe demnach ganz sicher nicht in seine kunterbunte, ach so perfekte Welt. Das will ich auch gar nicht. Weshalb denke ich überhaupt darüber nach? Dieser Typ ist mir egal und ich bin glücklich mit meinem Leben – endlich! Schließlich hat es zwei lange Jahre gedauert, mich nach meinem Unfall mit meinem Schicksal abzufinden. Ich war mal eine Sportskanone, habe Bewegung geliebt – besonders an der frischen Luft. Als Hamburger Urgestein verbrachte ich meine Ferien gerne auf dem Land mit Wandern und Freeclimbing. Bei meinen Großeltern in der sächsischen Schweiz konnte ich mich regelmäßig zur Genüge austoben. Bis zu jenem folgenschweren Tag, als ich die steile Felswand und meine Fitness an diesem Morgen unterschätzte. Der Sturz veränderte alles in meinem Leben – von heute auf morgen musste ich mich darauf einstellen, nie wieder laufen zu können. Zuerst dachte ich, das könnte ich niemals schaffen. Bis dahin war ich sehr glücklich gewesen, hatte Pläne für meine Zukunft und plötzlich war ich perspektivlos – behindert. Das musste ich erst einmal begreifen.

Anfangs fühlte ich mich wertlos, glaubte, nicht mehr gut genug für mich selbst und meine Mitmenschen zu sein. Letztlich war ich doch in diesem Zustand (so hilflos und abhängig) für andere eine Belastung. Jedenfalls redete ich mir das lange Zeit ein.

Doch irgendwann lernte ich, meine neue Realität in einem anderen Licht zu sehen. Ja, ich hatte meine Fähigkeit, laufen zu können, verloren. Aber hey, das Leben war doch nicht vorbei! Es gab so viele Möglichkeiten, meinen Alltag anders zu gestalten. Ich war immer noch da! Und dafür war ich unendlich dankbar.

Also begann ich, neue Pläne zu schmieden, richtete mein Leben entsprechend ein. Ich bin in einen Basketball-Verein für Rollstuhlfahrer eingetreten und spiele dort sehr erfolgreich in der zweiten Liga.

Alles hat sich verändert, aber nichts ist wirklich schlechter geworden. Ich bin wieder zuversichtlich und richtig motiviert, was meine Zukunft angeht.

Mein Liebesleben läuft allerdings auf Sparflamme. Einen Jungen kennenzulernen, der mich nimmt, wie ich bin, ist mit der Behinderung nicht so einfach. Während meine Freundinnen ihr Teenagerdasein in vollen Zügen genießen und die Kerle der Reihe nach austauschen, lässt meine erste Liebe noch auf sich warten. Ich versuche, diese Tatsache auszuklammern, und will mir über solche Dinge keine Gedanken machen. Schon gar nicht heute, denn ich feiere meinen achtzehnten Geburtstag und lasse mir die Laune nicht durch sinnloses Grübeln verderben.

„Hey Mädels, ich habe Appetit auf einen Cocktail. Wollen wir zu unserem Platz zurück und uns eine Pina Colada bestellen? Außerdem brauche ich mal eine kleine Pause, hier ist es so eng", schlage ich meinen beiden Freundinnen vor.

„Ja, super Idee!", zeigt sich Julia begeistert.

„Sehr gerne", stimmt Anita mit ein. „Ich könnte auch eine Erfrischung gebrauchen."

Gemeinsam bahnen wir uns den Weg durch die Menge zu unserem Tisch. Es ist aber auch verdammt voll an diesem Samstagabend in meinem Lieblingstanzclub „Aquarell". Trotz meiner Behinderung komme ich gerne her. Hier herrscht immer gute Stimmung und die Musik ist einfach klasse.

Kurze Zeit später stoßen wir an und während Julia und Anita dem attraktiven Kellner nachschauen, mit dem sie gerade enthemmt geflirtet haben, starre ich geistesabwesend durch die vielen Menschen hindurch. Mein Blick wandert ziellos umher, bis er unerwartet aufgehalten wird. Finn sieht zu mir herüber und beobachtet mich. Ich bin irritiert und widme mich verlegen meinem Cocktail. Als ich wieder aufschaue, stelle ich fest, dass er mich nach wie vor mustert. Offenbar hat er noch nie eine Frau im Rollstuhl gesehen, oder weshalb guckt er mich an, als wäre ich nicht von dieser Welt? Als er auch noch zu lächeln beginnt, ist meine Verwirrung komplett. Macht er sich jetzt über mich lustig? Denn ein Flirt soll das sicherlich nicht sein. Ein Typ wie er – frauenverschlingend und übertrieben eitel – hält eher Ausschau nach Perfektion und Makellosigkeit. Damit kann ich leider nicht dienen.

Nach wie vor hält sein Blick an mir fest und als er sich unerwartet vom Barhocker erhebt, erstarre ich. Oh je, er hat doch wohl nicht vor herzukommen! Aber einer seiner Freunde hält ihn auf und spricht ihn an. Zum Glück! Es wäre sonst verdammt peinlich für alle Beteiligten geworden. Das hatte er sich bestimmt nicht gut genug überlegt. Ich bin erleichtert, als er kurz darauf die Bar Richtung Ausgang verlässt. Womöglich habe ich mich auch geirrt und er wollte ohnehin gerade gehen.

„Hallo, Erde an Mina!", holt mich Anita in die Gegenwart zurück. „Auf welchem Planeten warst du denn eben?"

Julia wendet ihren blonden Schopf und schaut kontrollierend zur Bar.

„Ist da jemand Besonderes? Haben wir was verpasst?", fragt sie und stiert mich mit ihren tiefblauen Augen neugierig an. Während sie mich ansieht, fällt mir wieder einmal auf, wie unglaublich hübsch sie ist. Würde sie nicht mit dem Rücken zur Bar sitzen, hätte Finn mit Sicherheit *sie* ins Visier genommen.

„Was? Nein, alles in Ordnung", antworte ich weiterhin abwesend, während es mir schwerfällt, meine Gedanken auf meine Freundinnen zu fokussieren. Herrje, es war doch nur ein kurzer Moment – ein unbedeutender Blick – nichts weiter. Warum bin ich jetzt so aufgewühlt? „Ich verschwinde mal kurz, um mich frisch zu machen", teile ich den beiden mit und drehe meinen Rollstuhl herum. „Bin gleich wieder zurück."

„Soll ich dich begleiten?", fragt Anita und klemmt sich ihre kinnlangen, dunklen Haare hinters Ohr.

„Nicht nötig", lehne ich ihr hilfsbereites Angebot ab, „das schaffe ich schon."

Kurz vor den Waschräumen werde ich von zwei Typen aus Finns Clique aufgehalten und blöd angequatscht.

„Ich glaube, du bist hier falsch mit deinem Porsche. Da muss man ja Angst haben, dass du einem über die Füße fährst", sagt einer der beiden in einem abfälligen Ton zu mir.

„Leute wie dich sollte man hier nicht rein-lassen!", gibt der andere seinen Senf dazu und blockiert meinen Weg.

Heute ist mein Geburtstag! Da werde ich mich von niemandem ärgern lassen, erst recht nicht von solchen Idioten.

„Lass mich bitte durch", fordere ich die schlaksige Gestalt in ihrer geschmacklosen, viel zu großen Lederjacke auf.

„Vielleicht überlege ich es mir, wenn ich einen Kuss von dir bekomme", sagt der Typ doch glatt und grinst mich dämlich an. Im nächsten Moment spitzt er seine Lippen und kommt mir langsam näher.

Ich will etwas zurückrollen, um zwischen diesem Widerling und mir Abstand zu ge-winnen. Aber sein Kumpel stellt sich hinter mich und hält meinen Rollstuhl fest. Ich be-komme es mit der Angst zu tun, als mir der Kerl auf die Pelle rückt und sich plötzlich zu mir runterbeugt.

„Na, mein schönes Lockenköpfchen", raunt er mir mit einer Alkoholfahne ins Ohr, „wie wär's mit uns beiden? Rothaarige sollen doch feurig und leidenschaftlich sein. Ich würde zu gern wissen, ob das auch auf ein an-geschossenes, scheues Reh wie dich zutrifft."

Er nimmt eine Strähne meiner langen roten Locken zwischen Daumen und Zeigefinger und zieht meinen Kopf gewaltsam zu sich heran, um kurz darauf seine Hand in meinen Nacken zu legen.

„Nimm deine Pfoten von mir!", gifte ich ihn an.

„Oder was?", amüsiert er sich mit seinem Kumpel über mich. „Willst du mich sonst treten? Ach nein, warte, das kannst du ja nicht. Richtig? Dazu müsstest du dich ja erst mal aus deinem Porsche erheben. Und weglaufen geht wohl auch nicht, Schätzchen. Ich fürchte, ich muss auf meinen Wegzoll bestehen. Also bekomme ich den Kuss jetzt freiwillig oder muss ich ihn mit Nachdruck einfordern?"

„Verdammt noch mal, Basti, was ist hier los?", höre ich Finns Stimme hinter uns fluchen.

„Was denn? Ich will doch bloß einen Kuss von ihr. Aber die Kleine ist ja störrisch", lallt Basti mit schwerer Zunge.

„Bist du noch ganz dicht? Du kannst doch nicht ein wehrloses Mädchen belästigen!", zeigt sich Finn empört über das Verhalten seines Freundes.

„Das mach ich gar nicht! Siehst du nicht, dass sie ganz wild darauf ist, mich zu küssen?"

„Ich sehe nur, dass du zu viel getrunken hast und hier schleunigst verschwinden solltest – ihr beide! Jonas, kümmere dich um Basti und bestell euch ein Taxi! Und sorge verflixt noch mal zukünftig dafür, dass er nicht immer so einen Mist baut!"

„Bin ich etwa sein Kindermädchen? Basti ist für sich selbst verantwortlich."

„Richtig, Jonas! Und du für dich! Deshalb frage ich mich, weshalb du dabei mitgespielt hast, ein Mädchen in Bedrängnis zu bringen."

„Mein Gott, Finn, was bist du nur für eine Spaßbremse!", geht Basti dazwischen und lässt von mir ab. „Komm, Jonas, wir gehen zurück an die Bar was trinken. Hier ist ja nix los."

„Warte, Basti, ich denke, Finn hat Recht. Du hast genug für heute. Ich bring dich nach Hause", sagt Jonas und zieht seinen schwankenden Freund mit sich.

„Neiiin, ich will aber nicht, lass mich!"

„Doch, es ist besser so", hört man Jonas noch sagen, bevor sich ihre Stimmen im Discolärm verlieren.

„Hör mal", sagt Finn zu mir und tritt an mich heran, sodass er in mein Blickfeld kommt. Ich stehe nach wie vor mit meinem Rollstuhl unbeweglich an der gleichen Stelle und bin noch dabei, das Ganze zu verarbeiten. Gerade wurde ich diskriminiert, und zwar auf übelste Weise. „Ich muss mich für meine Freunde entschuldigen", fährt er fort und sieht mich mitleidig an. Diesen Blick habe ich schon viel zu häufig ertragen müssen und kann ihn in diesem Moment erst recht nicht gebrauchen. „Es tut mir sehr leid", fügt er noch an, als ich nichts auf seine Worte erwidere.

„Und mir tut es für *dich* leid, dass du solche Freunde hast", habe ich mich entschieden zu reden, und schaue in sein gebräuntes Gesicht, das von seinen dunklen Haaren umrahmt wird.

Ich greife zu den Rädern meines Rollstuhls und will meinen Weg den langen Flur zu den Waschräumen fortsetzen, als Finn mich aufhält.

„Warte", sagt er und hebt seine Hand wie ein Verkehrspolizist, der ein Fahrzeug an der Weiterfahrt hindern will. „Mina, richtig?", fragt er und bringt mich zum Staunen, weil ihm mein Name bekannt ist. Immerhin sind wir in unterschiedlichen Jahrgangsstufen an unserem Gymnasium und kennen uns eigentlich nicht.

Ich nicke und bestätige somit seine Frage.

„Du hast Recht, ich sollte mir wirklich neue Freunde suchen", sagt er zu meiner Verwunderung. „Vielleicht würdest du dich ja mal mit mir treffen und mir ein paar Ratschläge geben. Ich gerate nämlich in der Regel immer an die gleiche Sorte von Menschen." Er lächelt mich vertrauensvoll an und wirkt erstaunlicherweise unsicher. „Oh Gott, ich weiß, wie blöd das für dich klingen muss", hat er richtig erkannt. „Ich stehe hier plötzlich vor dir, nachdem meine Freunde dir Angst eingejagt haben, und bitte dich um ein Date. So hatte ich das eigentlich nicht geplant."

„Du hattest einen Plan?", frage ich verwirrt.

„Na ja. Nein", korrigiert er sich. „Ich wollte dich vorhin schon ansprechen, als mich ein Kumpel aufhielt, weil er für seinen Wagen Starthilfe brauchte."

Ich kann nicht glauben, was er gerade zu mir gesagt hat. Es kann unmöglich wahr sein, dass er ausgerechnet mich ansprechen wollte! Hat er eine Wette zu laufen, ob er bei mir landen kann – einer gehbehinderten Frau, die in seinen Augen ohnehin keinen Mann abbekommt?

„Such dir eine andere für deine Spielchen. Ich glaube dir kein Wort."

Ich will mich an ihm vorbeischlängeln, um unser Gespräch für beendet zu erklären, aber er gibt den Weg nicht frei, sodass andere Leute schon auf uns aufmerksam werden. Ihm wird bewusst, dass sich die Blicke einiger Umstehender auf uns heften.

„Bitte lass mich hier nicht so stehen", fleht er mich beinahe an, als er fürchtet, missverstanden zu werden. „Ich meine es wirklich ernst."

Ungläubig blicke ich in seine dunkelbraunen Augen, die einen einladen, darin zu versinken, und zweifle die Wahrheit seiner Worte an.

„Hör zu, Finn. Richtig?", erkundige ich mich nach seinem Namen auf die gleiche Weise wie er zuvor nach meinem, obwohl er mir seit über zwei Jahren bekannt ist. Deshalb warte ich seine Antwort auch nicht ab und fahre fort. „Ich bewundere deine Hartnäckigkeit. Die ist vielleicht auch ein entscheidender Grund, warum du so erfolgreich beim weiblichen Geschlecht bist."

Ihm entgleiten die Gesichtszüge und er sieht plötzlich verärgert aus. Aber ich ignoriere seinen augenscheinlichen Stimmungswechsel und rede weiter.

„Allerdings habe ich kein Interesse daran, eine deiner Trophäen zu werden. Wenn du beabsichtigst, weitere Frauenherzen zu brechen, dann such' dir eine andere."

„Du denkst also, ich wäre ein Frauenheld und ein oberflächlicher Scheißkerl?", fragt er erbost und blockiert weiterhin meinen Weg.

Ich erwidere nichts und bin überrascht, dass ihn meine Worte offenbar hart getroffen haben.

„Du weißt gar nichts von mir, Mina, klar? Meinst du etwa, nur weil du im Rollstuhl sitzt, hast du das Recht, andere Menschen vorzuverurteilen? Ich gebe zu, meine Art, dich anzusprechen war womöglich etwas plump. Und vielleicht war ich zu direkt und bin zu überfallartig vorgegangen. Allerdings lässt meine Vorgehensweise wohl kaum darauf schließen, wie ich mit Frauen umgehe. Tut mir leid, dass ich dich angesprochen habe, Mina. Ich habe mich anscheinend in dir getäuscht", fügt er noch an, bevor er das Feld räumen will, doch ich strecke meinen Arm aus, um ihn zu stoppen.

„Warte bitte", sage ich und bin erstaunt über sein Plädoyer, mit dem er sich auf beeindruckende Weise in einem für mich völlig neuen Licht dargestellt hat. „Ich wollte dich nicht kränken", setze ich an, mich zu entschuldigen. „Und ich finde auch gar nicht, dass du mich plump angesprochen hast. Im

Gegenteil, es war sogar recht charmant. Nur dein Ruf eilt dir voraus, Finn. An der Schule bist du als Schürzenjäger verschrien."

„Aha!", erwidert er genervt. „Und weil du jeden Mist glaubst, der an dich herangetragen wird, bevor du dir eine eigene Meinung bildest, haben vorverurteilte Menschen bei dir keine Chance."

Ich bin erschrocken über seine Analyse meines Verhaltens ihm gegenüber. Auf einmal komme ich mir schäbig vor. Ich müsste es besser wissen als schwerbehinderte Person, die mit ihrem Handicap die Vorurteile anderer regelrecht anzieht. Stumm blicke ich ihn an und suche nach den richtigen Worten.

„Offenbar habe ich den Nagel auf den Kopf getroffen", sagt er, da ihm mein Schweigen wohl zu lange gedauert haben muss, dabei fehlen mir einfach nur die nötigen Argumente. Es läge an mir, ihn zu rehabilitieren, ihn von möglichem Fehlverhalten freizusprechen. Denn er hat Recht, es obliegt mir nicht, ihn zu beurteilen – einen Schulkameraden, den ich im Grunde nicht weiter kenne. Ich hole Luft und möchte etwas erwidern, doch er ist schneller und ergreift erneut das Wort.

„Lass nur, Mina, du brauchst mir nichts zu erklären." Er fährt sich mit den Händen frustriert durchs Gesicht. „Ich bin es gewohnt, von anderen falsch eingeschätzt zu werden. Jedoch hatte ich gehofft, dass gerade du frei von Vorurteilen bist und dich von Klatsch und Tratsch nicht beeinflussen lässt. Bestimmt wird gerade dir das dumme Gerede anderer Leute des Öfteren zu Ohren kommen."

Als ich immer noch nichts auf seine Worte zu sagen habe, da er mir eben den Spiegel vor Augen gehalten hat, schüttelt er enttäuscht den Kopf und versenkt seine Hände in den Hosentaschen.

„Tja, so kann man sich irren", sagt er abschließend und geht.

Ich drehe meinen Rollstuhl herum und schaue ihm stumm hinterher. Den Drang, ihm nachzurufen, verkneife ich mir. Auch wenn er mit dem, was er sagte, richtig lag, braucht er doch nicht so hart mit mir ins Gericht zu gehen. Ja, ich habe ihn vorverurteilt, mir eine Meinung über ihn gebildet, obwohl ich ihn nicht näher kenne. Aber erstens sieht man ihn regelmäßig mit anderen Mädchen, die ziemlich offensichtlich später unter Liebeskummer leiden, und zweitens umgibt er sich mit Leuten, die richtige Mistkerle zu sein scheinen. Also warum sollte ich seinen Worten trauen, die durchaus gelogen sein könnten?

Immerhin sprechen die Tatsachen für sich. Darüber kann ich nicht einfach hinwegsehen und unbeschwert mit ihm flirten. Ich wünsche mir einen festen Freund und keine unbedeutende Liaison, die am Ende womöglich das Gesprächsthema der ganzen Schule ist.

Ich sollte froh sein, dass er nun weg ist und ich nicht schwach geworden bin wie die anderen Mädchen, bei denen er seinen Charme spielen lässt.

Und warum bin ich dann jetzt unzufrieden? Hoffe ich vielleicht, mich zu irren und dass es ihm tatsächlich ernst mit mir war? Oje, Mina, unter diesen Umständen wärst du ein naives Schaf und nicht mehr zu retten.

Als ich gerade den Kopf über mich selbst schüttle, kommen meine Freundinnen in mein Blickfeld und sehen besorgt aus.

„Mein Gott, Mina!", ruft Julia aus und kommt mit Anita fast im Laufschritt auf mich zu. „Wo bleibst du nur so lange? Wir haben uns Sorgen gemacht."

„Ist alles okay mit dir?", will Anita wissen, als mich beide erreicht haben.

„Ja, ja, keine Angst", gebe ich beschwichtigend zur Antwort. Denn sorgenvolle Gesichter kann ich jetzt nicht gebrauchen. „Ich wurde nur aufgehalten und habe mich etwas verquatscht."

Offenbar habe ich mich entschieden, die Wahrheit für mich zu behalten. Warum, kann ich allerdings nicht sagen. Möchte ich mir etwa noch ein Türchen offenhalten, falls Finn doch ein netter Kerl ist? Eujeujeu! Mina, du stehst eindeutig unter Drogen und hast einen Cocktail zu viel getrunken.

„Ich glaube, ich möchte nach Hause", sage ich überraschenderweise, denn ich fühle mich plötzlich elend. Die Tatsache wegen meiner Behinderung diskriminiert worden zu sein, gepaart mit diesem ungeahnten Flirtversuch von Finn, der völlig danebenging, hat meine Gefühle durcheinandergewirbelt.

„Mensch Mina, du siehst auch ganz blass aus", stellt Julia fest und beugt sich zu mir herunter, um mich genauer zu betrachten. „Bist du etwa krank?", fragt sie und legt ihre Hand auf meine Stirn.

Ich antworte nicht – lasse ihre Frage unkommentiert im Raum stehen. Immerhin fühle ich mich durchaus auf einmal unpässlich. Bin ich etwa schon vom Finn-Virus infiziert worden, obwohl wir ja nicht mal ein Date hatten?

„Ich finde auch, du siehst erschöpft aus", stimmt Anita mit ein und zückt ihr Handy. „Wenn ihr damit einverstanden seid, rufe ich uns jetzt ein Taxi."

2

„Du bist so still heute. Ist alles okay mit dir?", fragt mich mein Vater am nächsten Tag im Auto auf dem Weg zum Training nach Hamburg Eimsbüttel. Jeden zweiten Sonntag im Monat ist früh aufstehen angesagt. Selbst wenn man am Abend zuvor seinen achtzehnten Geburtstag in einer Disco gefeiert hat.

Doch es ist nicht meine Müdigkeit, die mich so schweigsam sein lässt. Ununterbrochen muss ich daran denken, wie mich Finns Freunde gemobbt haben – wie bedrohlich mir diese Lage erschien. Ich fühlte mich machtlos und ausgeliefert. Zum ersten Mal seit langer Zeit nach meinem Unfall ist mir wieder bewusst geworden, wie sehr mich dieser Rollstuhl einschränkt. Dabei hatte ich gedacht, über solche unproduktiven Gedanken längst hinweg zu sein. Denn wenn eines vollkommen klar und unabänderlich ist, dann ist es die Tatsache, nie wieder gehen zu können. Deshalb hilft es mir nicht weiter, mit meinem Schicksal zu hadern. Tu ich im Grunde auch nicht. Doch das gestrige Erlebnis hat alte

Wunden aufgerissen und mir meine Hilflosigkeit in gewissen Situationen vor Augen gehalten.

Ich möchte mich nicht schwach fühlen. Deshalb bin ich in den Basketball-Verein eingetreten und versuche mein Leben so normal wie möglich zu gestalten. Das ist mir bis gestern auch gut gelungen. Jetzt jedoch nagen Selbstzweifel an mir – fürchte ich, mein hart erkämpftes Selbstbewusstsein durch solch einen dummen Vorfall einbüßen zu müssen.

„Ja, Dad, alles in Ordnung. Mach dir keine Gedanken. Bin nur noch ein bisschen müde", erwidere ich und hoffe, dass mein Vater sich mit meiner Antwort zufrieden gibt.

„So spät ist es gestern doch nicht geworden. Hattet ihr keinen Spaß?", lässt er meine Ausrede offenbar nicht gelten.

„Doch, Dad, es war sehr lustig. Können wir nun das Thema wechseln?"

Ich rolle mit den Augen. Warum sind Eltern nur immer so neugierig und erkennen stets die wahren Gefühle ihrer Kinder? Ich möchte darüber jetzt nicht sprechen. Erst einmal muss ich mir selbst im Klaren sein, was mich die ganze Zeit so aus dem Gleichgewicht bringt.

„Okay, Schneckchen", gibt er seine Fragerei auf, „aber falls du jemanden zum Reden brauchst, weißt du ja, dass deine Mutter und ich immer für dich da sind."

„Danke, Paps, aber mir geht's gut, ehrlich."

Er nickt und setzt den Blinker, um auf die Einfahrt des großen Parkplatzes meines Sportvereins einzubiegen.

„Kannst du mich heute Abend noch bei Kati vorbeifahren?", frage ich, als mein Vater den Wagen auf der Behindertenparkfläche vorm Eingang zum Stehen bringt.

„Ist das nicht die Schulkameradin aus der Parallelklasse, die du nicht magst?", hat er sich diese Tatsache offensichtlich gut gemerkt.

„Ja, richtig", bestätige ich seine Annahme. „Sie hat mich gefragt, ob ich mit ihr Mathe übe."

„Und du konntest wieder mal nicht Nein sagen", stellt mein Vater schmunzelnd fest. „Schneckchen, du bist einfach zu gut für diese Welt."

„Und du redest Unsinn", entgegne ich und lächle ihn an. „Du brauchst nicht mehr auf mich aufzupassen, Paps. Ich bin alt genug, Entscheidungen zu treffen. Kati hat mich gefragt, ob ich ihr helfe, und ich habe Ja gesagt. Dass ich sie nicht besonders mag, spielt für mich keine Rolle."

„Komm her, mein Engel, ich bin sehr stolz auf dich", wird mein Vater plötzlich emotional und zieht mich in seine Arme. „Du hast so viel durchgemacht und trotz allem sorgst du dich mehr um andere als um dich selbst. Du bist meine kleine Heldin des Alltags."

Er knuddelt mich so fest, als wäre ich ein Sofakissen.

„Und du hast wohl zu viel Spinat gegessen", beschwere ich mich. „Gleich hast du mich zerdrückt."

Er lacht und gibt mich frei.

„Dann wollen wir uns mal beeilen, damit du nicht zu spät zum Training erscheinst."

Nach dem Sport quatsche ich noch mit Ella vor der Halle und warte mit ihr gemeinsam darauf, dass wir abgeholt werden. Da sie wie ich im Rollstuhl sitzt und weiß, was ein solch eingeschränktes Leben bedeutet, erzähle ich ihr von meinen gestrigen Erlebnissen.

„Vergiss diesen Finn mal ganz schnell wieder", bricht es regelrecht aus ihr heraus. „Wer solche Freunde hat, kann es unmöglich ernst mit dir meinen, Mina."

Im Grunde bin ich der gleichen Meinung, aber trotzdem hätte ich lieber etwas anderes von ihr gehört. Und ich wüsste zu gern, weshalb. Schließlich ist er ein Mädchenschwarm, den man nie für sich alleine hat. Will ich das denn? – Quatsch! Dennoch scheine ich seit gestern Abend an nichts anderes mehr zu denken. Ständig gehe ich unser Gespräch im Kopf aufs Neue durch, versuche, mich an den Klang seiner Stimme und an jedes einzelne Wort zu erinnern, das er zu mir sagte. Ich bin infiziert – ich habe die Finn-Krankheit so wie siebzig Prozent aller Mädchen an unserer Schule. Was für ein Schlamassel! Hoffentlich ist das heilbar.

Zehn Minuten später bringt mich mein Vater zu Kati. Es wird Zeit, endlich den Führerschein zu machen, um etwas unabhängiger zu werden. Ein paar Fahrstunden habe ich schon genommen und für ein Auto, das speziell für mich umgebaut werden muss, spare ich bereits seit Längerem.

„So, da sind wir", sagt mein Dad, als er auf die lange Einfahrt des Einfamilienhauses auffährt.

Er steigt aus und zieht meinen Rollstuhl aus dem Kofferraum, um ihn auf der Beifahrerseite aufzubauen. Ich öffne die Tür und hangle mich aus eigener Kraft vom Autositz in den Rolli. Als ich meine unbeweglichen

Beine mit den Händen vernünftig drapiert und mir meine Schulunterlagen auf den Schoß gelegt habe, verabschiede ich mich von meinem Vater und rolle langsam zum Haus. Dabei atme ich tief durch und genieße die warme, mit Blütenduft getränkte Luft an diesem herrlichen Sommertag. Der gesamte Vorgarten ist voller bunter Blumen. Was für ein wunderschöner Anblick.

Ich höre, wie mein Vater wegfährt, und wundere mich, als kurz darauf erneut ein Fahrzeug auf der Auffahrt zum Stehen kommt. Neugierig drehe ich mich um und falle vor Schreck beinahe aus meinem Stuhl. Finn! Was für ein grob fahrlässiger Zufall! Was hat sich das Schicksal bloß dabei gedacht? Wenn ich eines nicht gebrauchen kann, dann sind das dumme Scherze der Schöpfung.

„Mina?", fragt Finn und wirkt ebenso überrascht wie ich, nur dass ich mit Sicherheit wesentlich dämlicher aus der Wäsche schaue als er. Sein Gesicht sieht auch im Überraschungsmodus perfekt wie ein Ölgemälde aus.

„Was machst du hier?", erlaubt er sich, wissen zu wollen, dabei bin *ich* diejenige mit einem eingetragenen Termin. Er hingegen kann hier unmöglich richtig sein, jedenfalls kann ich mir das nicht vorstellen, und das will ich auch gar nicht! Das würde ja bedeuten, dass er Kati kennt und sie ihn. Was wiederum erneut den Schluss zuließe, dass Finn schätzungsweise jedes zweite Mädel der Schule persönlich kennt. Und diese mögliche Tatsache würde meine Vorurteile ihm gegenüber allzu deutlich untermauern. Also schön. So wie es aussieht, habe ich die Gleichung gerade gelöst:

Finn + Kati x 50% aller Mädchen = Frauenheld^2

Ich antworte nicht auf Finns Frage und setze meinen Weg zur Haustür fort.

„Hey Mina, warte!", fordert er mich auf, stehen zu bleiben, doch ich habe mich gerade entschieden, ihn doof zu finden.

Er knallt die Wagentür zu und eilt mir hinterher.

„Nun bleib doch mal stehen!"

Stur rolle ich weiter, als hätte ich ihn nicht gehört, bis er mich fast rennend erreicht und den Rollstuhl einfach festhält.

„Würdest du mich bitte freigeben?", finde ich sein Handeln vermessen.

„Warum redest du nicht mit mir?", geht er nicht auf meine Aufforderung ein.

„Weil ich nicht wüsste, warum", mache ich ihm klar. „Immerhin bist du gestern wutschnaubend davongelaufen und hast mich ohne ein weiteres Wort stehen lassen."

„Scheiße, ja!", wirkt er betroffen. „Das wollte ich nicht. Manchmal gehen die Pferde mit mir durch, sorry!"

„Ist ja auch egal", gebe ich ihm zu verstehen, dass er mir nicht wichtig ist – ebenso wenig wie unser gestriges Gespräch.

„Nein, ist es nicht", will er mir offensichtlich ein besseres Gefühl geben. „Ich möchte es wiedergutmachen, Mina. Vielleicht mit einem Essen bei Kerzenschein?"

Hallo? Welche Platte läuft denn hier ab? Ich bin fassungslos.

„Danke, nein", lehne ich sein seltsames Angebot ab. „Aber Kati würde sich bestimmt darüber freuen."

„Was? Nein, so ist es nicht", will er mir erklären, dabei habe ich mit keiner Silbe gemutmaßt, wie es ist oder sein könnte.

„Ist doch deine Sache, Finn, und geht mich nichts an", erwidere ich. „Ich bin nur hier, um Kati Mathe zu erklären."

„Ach so. Verstehe", scheint er beinahe enttäuscht zu sein. Hat er sich im Geiste etwa bereits einen flotten Dreier ausgemalt? „Ich hatte schon gedacht …", lässt er seinen begonnenen Satz unvollendet. „Ach, Blödsinn!", sagt er nun und schüttelt den Kopf.

Ich kräusle die Stirn und kann ihm nicht folgen.

„Irgendwie scheine ich bei dir alles falsch zu machen", gibt er ungefiltert von sich. „Und jetzt ziehe ich auch noch die falschen Schlüsse, warum du hier bist. Ich bin ein echter Trottel!"

„Hast du etwa gedacht, ich wäre deinetwegen zu Kati gekommen?", frage ich verwundert.

Finn zuckt mit den Schultern und sieht wie ein verunsicherter kleiner Junge zu Boden.

„Also bitte", bin ich empört, dass er annimmt, ich gehörte zu den Mädels des Finn-Fan-Clubs. „Ich habe Besseres zu tun, als unserem Schul-Casanova hinterherzulaufen."

„Natürlich hast du das", entgegnet er gekränkt. „Typen wie ich spielen schließlich nicht in deiner Liga."

Irritiert mustere ich ihn durch zusammengekniffene Augen.

„Wie meinst du das?", gelingt es mir nicht, seinen Worten einen Sinn zu verleihen. Eher bin *ich* doch diejenige, die nicht in den Kreis des großen Loverboys Finn passt.

Gerade will er mir antworten, als die Haustür von innen geöffnet wird und Kati vor uns steht.

„Habe ich also richtig gehört", sagt sie und sieht irritiert erst zu Finn und dann zu mir, um danach ihren Blick wieder auf Finn zu konzentrieren. „Schön, dass du gekommen bist", trällert sie wie eine Nachtigall in der Frühlingssonne. „Tut mir leid, Mina", wendet sie ihre Aufmerksamkeit mir noch einmal zu, obwohl ihr bereits der Sabber aus dem Mund läuft. „Wir müssen Mathe leider verschieben. Ich habe jetzt Wichtigeres zu tun."

Wie bitte? Ich höre so schlecht auf dieser Tonfrequenz. Das ist wohl auch der Grund, weshalb ich sie anstiere, als wären mir plötzlich die Ohren abgefallen.

„Du kannst gehen, Mina", widerholt sie ihre Absicht, mich auflaufen zu lassen.

„Moment mal", mischt sich Finn sichtlich verärgert ein. „Das kannst du doch nicht machen! Ihr wart verabredet."

„Halt die Klappe, Finn! Du weißt, was sonst geschieht!", erteilt sie ihm die Order, sich rauszuhalten.

„Ich weiß nur eins: dass du ein Miststück bist, Kati!", schießt er erbost zurück.

Also … wenn *die* zwei zusammen sind, scheint es eine wahrhaft disharmonische Partnerschaft zu sein. Zu meiner eigenen Sicherheit sollte ich die Kampfarena verlassen, bevor es hier schlagkräftiger zugeht. Es geht mich auch nichts an, was die beiden zu bestreiten haben. Leute, ich bin weg!

Ich drehe meinen Rollstuhl herum und will das Weite suchen, als Finn sich schon wieder erdreistet, mein Gefährt festzuhalten.

„Warte, Mina, ich fahre dich nach Hause", beschließt er spontan und trifft über meinen Kopf hinweg Entscheidungen. „Ich habe nicht vor, eine Sekunde länger zu bleiben. Außerdem weißt du doch sicherlich nicht, wie du von hier wegkommen sollst."

„Na ja", erwidere ich unzureichend und verstumme sogleich wieder. Da ist schon etwas dran. Aber möchte ich denn, dass mich ausgerechnet Finn zurückbringt?

„Du bleibst gefälligst hier, Finn!", befiehlt Majorin Kati und stemmt ihre Hände in die Hüften. „Oder ich breche mein Schweigen!"

Verwundert reibe ich mir das Kinn und überlege, was hier eigentlich gerade Sache ist. Geht man so mit seinem Partner um, nur weil er sich bereiterklärt, eine behinderte junge Frau im Rollstuhl nach Hause zu bringen? Entweder ist es neuerdings gang und gäbe, sich in einer Beziehung wie eine Mistkröte zu verhalten, oder aber ich verstehe alles völlig falsch und die beiden sind überhaupt kein Paar. Aber was sind sie dann? Harry und Sally? Sorry, da steige ich nicht durch.

„Tu doch, was du nicht lassen kannst, Kati", wirkt er resigniert und erschöpft. „Komm, Mina! Wir sollten gehen!", verfügt er und entscheidet ein zweites Mal über mich. Wenn ich nicht eh gerade vorgehabt hätte, diese illustre Runde aufzulösen, würde ich mich ja über seine Eigenmächtigkeit beschweren. Immerhin schiebt er jetzt auch noch meinen Rollstuhl unverfroren in Richtung seines Autos. Doch irgendwie bin ich auch dankbar, aus dem Gefahrenbereich herauszukommen. Letztlich war nicht wirklich klar, ob Kati nicht jeden Augenblick mit gefletschten Zähnen auf Finn zuspringt. Ihre Wut auf ihn könnte mit jeder weiteren Sekunde einen unkontrollierten Ausbruch zur Folge haben.

„Komm sofort zurück!", quietscht sie wie eine Singdrossel, der man die Kehle zuschnürt. Finn reagiert nicht mehr auf ihr hysterisches Gehabe und drückt meinen Rolli voran. An der Beifahrerseite seines Wagens angekommen, öffnet er die Tür und beugt sich zu mir herunter, um mich in seine Arme zu hieven. Ähh …? Aber das kann ich auch allein, denke ich und lasse zu, dass er mich wie ein Stück Styropor aufnimmt. Offenbar bin ich für ihn ein Fliegengewicht und es scheint ihm keine Mühe zu bereiten, mich zu tragen.

Ich erlaube mir, diesen kurzen Moment der unerwarteten Nähe zu genießen. Um es ihm leichter zu machen, lege ich meine Arme um seinen Hals, als er mich auf dem Beifahrersitz niederlässt. Ich erstarre, als sich unsere Gesichter plötzlich so nahe kommen, dass ich seinen Atem auf meiner Haut spüre. Seine Hände lösen sich nur langsam von mir und meine Arme umwickeln ihn nach wie vor wie einen Schwimmreifen.

„Habe ich alles richtig gemacht?", fragt er mich wie ein Azubi an seinem ersten Tag. Dabei verbindet er seinen Blick mit meinem und sieht mich unsicher an.

„Ja", hauche ich meine Antwort heraus und frage mich, ob ich das Atmen vergessen habe, weil mir auf einmal schwindelig wird.

Obwohl ich unsere derzeitige Position als ausgesprochen angenehm empfinde und zu gerne ein paar Wochen so mit ihm verharren würde, entscheide ich, ihn von meinen Armen zu befreien, indem ich sie bewusst langsam zurückziehe.

„Gut", erwidert er, behält seine gebeugte Stellung aber bei. „Dann schnalle ich dich jetzt an."

Gerade will ich ihm erklären, dass schließlich nur meine Beine gelähmt seien und ich durchaus in der Lage wäre, solche Handgriffe allein zu bewältigen, als er bereits den Gurt wie eine Geschenkschleife um mich herumwickelt. Nachdem er mich in seinem Auto angekettet hat, wirkt er zufrieden mit dem Ergebnis. Immerhin hat er mich verstaut wie ein Paket, dem keine Möglichkeit zur Flucht verblieben ist.

„Fein", sagt er abschließend und reibt sich die Hände. „Dann werde ich mal deinen Flitzer im Kofferraum verstauen und danach kann's losgehen."

Tatkräftig macht er sich ans Werk, den Rollstuhl zusammenzuklappen. Ich will ihm erklären, welche Handgriffe dafür nötig seien, aber er winkt ab.

„Nein, nein, lass nur!", macht er mir klar, meine Hilfe nicht annehmen zu wollen. „Das bekomme ich schon hin."

„Aber …"

Er hebt seine Hand, um mich an einer Erklärung zu hindern.

Das ist ganz leicht, würde ich am liebsten sagen, doch ich entscheide mich zu schweigen, da ich ihn in seinem Stolz nicht verletzen will.

Oh weh, nun lerne ich also eine seiner Schwächen kennen. Anscheinend nimmt er die Dinge gern selbst in die Hand und möchte sich nicht helfen lassen.

Ungeduldig rüttelt er an dem Gerät, sodass ich schon befürchte, es würde jeden Augenblick in seine Einzelteile zerfallen. Aber überraschenderweise findet er den Hebel endlich, der den Rolli zusammenfaltet, und sieht mich erfreut an.

„Na bitte", sagt er mit geschwollener Brust und wendet seinen Blick erneut der erlegten Beute zu. „In meinen Händen wird alles zu Butter", gibt er zu Protokoll.

„Wow", entgegne ich mit zweifelnder Miene und frage mich, ob die Doppeldeutigkeit seiner Worte beabsichtigt war.

Er schlägt sich mit der Hand gegen die Stirn.

„Na prima", stößt er mit rollenden Augen aus. „Da ist mir wieder ein Bockmist rausgerutscht und schon habe ich das Gefühl, auf deiner Beliebtheitsskala weiter nach unten gerutscht zu sein."

Ich erwidere nichts – staune eher, dass er sich darüber Gedanken macht, wie weit er bei mir in Ungnade gefallen sein könnte. Seine Bemerkung erscheint mir unlogisch – nein, sein ganzes Verhalten mir gegenüber ist unlogisch.

Er löst seinen Blick von mir – erwartet wohl nicht mehr, dass ich noch etwas dazu sage. Mit gesenktem Kopf hebt er den Rolli an und trägt ihn hinters Auto, um ihn in den Kofferraum zu legen. Als es vollbracht ist, knallt er die Klappe zu und stampft zur Fahrerseite. Unsanft reißt er die Tür auf und setzt sich schwungvoll ins Auto. Verärgert wendet er sich mir zu.

„Bin ich ein Vollidiot in deinen Augen?", fragt er mich zu meiner Überraschung und gibt mir somit unbeabsichtigt das Gefühl, ich befände mich mitten in einer Episode von „Die Schöne und das Biest". Dabei dachte ich bisher, das Aschenputtel zu sein, das den Rest seines Lebens dazu verdonnert ist, Linsen zu sortieren.

„Nein, wie kommst du darauf?", erwidere ich in sanftem Ton, um ihn nicht noch weiter zu verstimmen.

„Du kannst mir ruhig die Wahrheit sagen", gibt er sich mit meiner Antwort nicht zufrieden. „Ich halte das aus", behauptet er.

Dabei drücken seine Mimik und die Körperhaltung genau das Gegenteil aus. „Nur abschätzige Blicke ertrage ich schlecht."

„Ich habe dich nicht abschätzig angesehen", versuche ich, ihm klarzumachen.

„Ach nein?", glaubt er mir nicht. „Denkst du, ich merke nicht, dass du in mir bloß einen hirnlosen Playboy siehst, der es auf jeden Rock abgesehen hat?"

„Nun ja ...", verblüfft mich der Verlauf unseres Gesprächs, „... könnte sein, dass einige Indizien für diese Tatsache sprechen. Immerhin hängt fast wöchentlich ein anderes Mädchen an deinem Rockzipfel. Aber hey, es ist dein Leben, Finn, und es kann dir doch egal sein, wie ich darüber denke. Ich bin ja nur ein unbedeutendes Licht, das bei Weitem nicht mithalten kann mit den schönen Frauen, die dich umgarnen."

Wutschnaubend zieht er seine Tür zu, die bis eben noch offen stand, sodass ich mir plötzlich ausgeliefert vorkomme. Wenn er jetzt eine Keule hervorzieht, wird meinen Schrei niemand hören.

„Es ist mir aber nicht egal!", brüllt er seinen Satz unerwartet laut heraus. „Und wer sagt, dass du ein unbedeutendes Licht bist, verflucht? Schau dich doch mal im Spiegel an, Mina!"

Überrascht blicke ich ihn mit großen Augen an. Kann es sein, dass er mir gerade ein Kompliment gemacht hat? Das kann er unmöglich ernst meinen.

„Ich weiß nicht, was du für ein Bild von mir hast, Finn. Aber ich bin ein Mädchen im Rollstuhl."

„Ja, das bist du, Mina, und zwar ein verdammt hübsches."

Ich klemme mir verlegen eine Locke hinters Ohr und spüre, wie mir die Röte ins Gesicht schießt. Mit solchen Worten aus seinem Mund habe ich nicht gerechnet. Es gelingt mir nicht, etwas darauf zu erwidern. Stattdessen blicke ich ihn gehemmt an.

Auch er mustert mich stumm und formt seine Lippen zu einem Lächeln.

„Da habe ich dich wohl aus der Fassung gebracht", stellt er richtig fest und sorgt mit dieser Bemerkung für weitere Unruhe in mir.

„Nein, hast du nicht", schwindle ich ein wenig, „Schmeicheleien bin ich nur nicht gewohnt."

„Vor allem nicht von Typen wie mir, nicht wahr?", fragt er provokant, doch diesmal wirkt er amüsiert.

Ich kann mich nicht erinnern, witzig gewesen zu sein.

„Das hast *du* gesagt", fällt mir dazu nichts weiter ein.

„In der Tat", gibt er zurück.

„Ich habe nie behauptet, dass du trotz deines Frauenverschleißes nicht nett sein kannst", bemerke ich ergänzend und stelle fest, wie dämlich ich mich ausgedrückt habe. Gott, es fehlt mir unverkennbar die Erfahrung, ein Gespräch mit einem Jungen zu führen, der mir gefällt. – Habe ich das eben tatsächlich gedacht? Oh Schreck, nein – Finn gefällt mir nicht! Er gefällt mir überhaupt nicht! Er ist gar nicht mein Fall! – Er *ist* mein Fall!

„Oh, ich *bin* nett", bestätigt er meine Aussage mit heiterer Miene. „Und über deine Vermutung, ich hätte einen großen Frauenverschleiß, sollten wir noch mal reden."

Nein, besser nicht, denke ich und bleibe lieber stumm.

Er sieht mich erwartungsvoll an, hofft wohl, ich würde meine soeben getroffene Aussage relativieren – ihm einen Heiligenschein aufsetzen. Mache ich aber nicht. Stattdessen lasse ich meine Daumen umeinander kreisen.

„Okay, ich verstehe schon", bemerkt er mit einem weichen Lächeln und legt seine Hand auf meine nervösen Finger. „Da wartet offenbar noch ein wenig Arbeit auf mich, dich davon zu überzeugen, dass ich kein so schlechter Kerl bin, wie du denkst."

Mein Puls schießt wie ein Geysir in die Höhe, als sich seine warme Hand über meine legt. Du meine Güte, ich brauche dringend ein Sedativum, sonst springt mir vor Aufregung das Herz aus dem Brustkorb.

„Das ist nicht nötig", sage ich mit rauchiger Stimme und räuspere mich kurz darauf verwirrt. Seine Finger streicheln meinen Handrücken. Ich versteife wie ein abgekühlter Muskel.

„Mina, willst du es denn nicht verstehen?", fragt er mich und mir wird klar, dass ich gar nichts verstehe. „Es *ist* nötig. Ich wünsche mir, dass du mich richtig kennenlernst – erfährst, wer ich wirklich bin."

„Warum?", flüstere ich meine Frage so zart wie ein Windhauch.

„Weil ich dich toll finde", erwidert er mit sanfter Stimme.

3

Während der Fahrt starre ich stumm aus dem Fenster und grüble vor mich hin. Auch Finn scheint in seine Gedanken vertieft zu sein, denn er schweigt beharrlich, seitdem wir losgefahren sind.

Ich fühle mich wie E.T., der versehentlich vom Regisseur in den falschen Film geschrieben wurde. Offenbar bin ich mit meinem Raumschiff verkehrt abgebogen und mitten in einer Seifenoper gelandet. Irgendetwas ist hier nicht richtig und zugleich richtiger denn je. Ich bin vollkommen durcheinander und versuche noch, mich wieder zu sortieren.

Normalerweise bin ich ein strukturierter Mensch, plane mein Leben bis aufs kleinste Detail durch. So war es schon immer – auch vor dem Unfall. Ich weiß, was ich will und wie mein zukünftiges Leben einmal aussehen soll. Nach meinem Abitur will ich Betriebswirtschaft studieren und möchte mich später für eine leitende Position in einem großen Unternehmen qualifizieren. Meine Ziele habe ich hochgesteckt. Es ist mir wichtig, mir selbst und der Welt zu beweisen, dass man es auch als behinderter Mensch weit bringen kann.

Aber Gefühle lassen sich nicht planen – die platzen einfach in dein Leben hinein und wirbeln alles durcheinander. Das macht mir Angst, denn darauf habe ich keinen Einfluss.

Finn hat einen Sturm in mir ausgelöst und das nur, weil er mir offenbarte, mich toll zu finden. Ich weiß nicht, ob ich ihm dieses Geständnis glauben kann. Sein bisheriges Playboy-Gehabe wirkt nicht sehr vertrauenserweckend auf mich.

Plötzlich setzt Finn den Blinker und wendet den Wagen. Was hat er denn nun vor?

„Nach Hamburg Eppendorf geht es aber in die andere Richtung", belehre ich ihn, obwohl ich nicht daran zweifle, dass ihm dies vollkommen klar ist.

„Lass uns noch etwas zusammen unternehmen", überrascht er mich mit seinem spontanen Vorschlag. „Wir könnten auf den Dom gehen und ein paar gebrannte Mandeln naschen."

„Heute?", gebe ich mich unflexibel. „Was wird Kati dazu sagen?", erinnere ich ihn daran, eine Freundin zu haben, die trotz ihrer Furien-Qualitäten immerhin Ansprüche auf ihn erhebt.

„Wer?", ist er entweder gnadenlos unkonzentriert oder vergesslich wie ein Sieb. Doch den Namen seiner Partnerin sollte man eigentlich so gut kennen, dass man ihn rückwärts buchstabieren kann.

„Na, deine Freundin", helfe ich ihm auf die Sprünge. „Die, mit der du dich vorhin ungeniert vor meinen Augen gestritten hast."

Finn bricht in schallendes Gelächter aus. Wirklich amüsiert wirkt er dabei aber nicht. Als er sich wieder fängt, schüttelt er den Kopf und setzt eine finstere Miene auf.

„Wenn du jedes Mädchen, mit dem ich rede oder streite, zu meiner Freundin erklärst, wundere ich mich nicht darüber, dass du mich vollkommen fehleinschätzt."

Ich erwidere nichts, betrachte nur nachdenklich sein Profil, während er den Wagen nun zielsicher Richtung Innenstadt steuert. An einer roten Ampel wendet er seinen Kopf zur Seite und lächelt mich an.

„Nichts von dem, was ich bezüglich dieses Themas zu dir sage, überzeugt dich, nicht wahr?", scheint er meine Gedanken lesen zu können.

„Ich weiß nicht", gebe ich zu, unschlüssig zu sein.

Finn fährt rasant an, als die Ampel auf Grün umspringt und lenkt den Wagen kurz danach in eine Parkbucht. Er zieht die Handbremse an und schaltet den Motor aus.

Schweigend dreht er seinen Oberkörper in meine Richtung und streift mit seinen Fingern zärtlich über meine Wange.

„Es gibt niemanden in meinem Leben, Mina, nur dich", raunt er mir sanft entgegen, trägt damit jedoch eine Spur zu dick auf.

Trotzdem gleiten seine Worte wie ein warmes Sommerlüftchen an mein Ohr. Sie umschmeicheln meine Seele und lösen Gefühle in mir aus, die ich seit Langem verborgen gehalten habe. Aber jetzt, wo ich dem Mann so nahe bin, für den ich schon länger eine geheime Schwäche habe, und mir seine Berührungen die Luft rauben, entlasse ich mein bisher sicher verwahrtes Innenleben an die Oberfläche. Ich erlaube mir, sein eigenmächtiges Handeln und seine soeben leichtsinnig getroffene Aussage – es gäbe nur mich in seinem Leben – zu genießen. Dabei ist mir doch im Grunde klar, dass er bei jedem Mädchen so vorgehen wird – es seine wohlüberlegte Flirt-Strategie zu sein scheint.

Ich schaue Finn wie ein hypnotisiertes Katzenbaby an und schnurre sanftmütig mit jeder seiner Berührungen. Denn seine Fingerkuppen arbeiten sich weiter über mein Gesicht entlang und wandern nun langsam über meinen Hals in meinen Nacken. Dort vergräbt sich seine Hand in meinen Haaren und spielt mit meinen roten Locken. Mir wächst am ganzen Körper Gänsehaut und obwohl ich ihn daran hindern müsste, so enthemmt vorzugehen, lasse ich ihn gewähren.

„Ich gehe zu weit, richtig?", deutet er meine versteifte Körperhaltung korrekt.

„Ja", antworte ich, obwohl ich lieber das Gegenteil gesagt hätte.

„Und warum lässt du es dann zu, dass ich dir so nahe komme?", will er mit zusammengekniffenen Augen wissen und zieht meinen Kopf zu sich heran. „Halte mich auf, Mina", verlangt er und klingt dabei wenig überzeugt, dies wirklich zu wollen.

Ich wehre mich nicht gegen seine weitere Überschreitung der Grenze, sehe ihn wie ein frisch geschlüpftes Küken an, welches darauf wartet, dass man ihm die Welt zeigt.

„Ich kann nicht", erwidere ich ehrlich, denn ich bin wie paralysiert. Die Tatsache, hier mit ihm allein zu sein – am späten Sonntagnachmittag – und unverhofft seine warme Hand in meinem Nacken zu spüren, raubt mir gerade sämtliche Vernunft.

„Verflucht, Mina, das hättest du nicht sagen dürfen", macht er klar, seine Zurückhaltung an den Nagel gehängt zu haben. Er atmet tief durch und verringert den Abstand zwischen uns. Ohne weiteres Zögern senkt er seinen Kopf und drückt mir seine Lippen sanft auf den Mund.

Ich erschrecke, als ich begreife, wie hemmungslos ihn mein Zögern hat werden lassen. Obwohl ich seinen Kuss gern erwidern würde, schiebe ich ihn von mir weg.

„Dein Vorgehen ist unangemessen, Finn", bin ich offensichtlich wieder in der Spur. „Ich meine, es geht mir alles zu schnell."

Er rückt von mir ab und wirkt betroffen.

„Ich weiß", entgegnet er einsichtig. „Tut mir leid. Vielleicht wollte ich dir einfach nur beweisen, dass es mir ernst mit dir ist. Aber das war wohl der falsche Weg."

Noch spüre ich die Wärme seiner Lippen auf meinem Mund und ich gebe zu, es fühlte sich alles andere als falsch an. Aber ich kann mein Misstrauen nicht einfach ablegen, zweifle an dem Wahrheitsgehalt seiner Aussage, er würde es ernst mit mir meinen.

Er sieht mich erwartungsvoll an und wartet darauf, dass ich seine Worte kommentiere. Aber ich gebe mir noch einen Moment, um alles zu überdenken – meine Verwirrung nicht zu deutlich werden zu lassen. Ich möchte nicht, dass er denkt, er hätte leichtes Spiel mit mir.

„Lass uns nicht weiter darüber reden, Finn. Es ist alles gesagt", erwidere ich endlich, bevor die Stimmung zwischen uns kippt. Ich registriere seine wachsende Anspannung und mir wird deutlich, wie sehr ihn meine Zurückweisung getroffen hat. Darüber wundere ich mich. Denn wäre er wirklich der Frauenheld, für den ich ihn immer gehalten habe, würde er dann eine Abfuhr nicht viel lockerer nehmen?

„Vielleicht hast du Recht", gibt er in einem übertrieben heiteren Ton zurück und legt entschlossen den Rückwärtsgang ein, nachdem er den Motor wieder angelassen hat. „Die gebrannten Mandeln warten auf uns!"

Perplex über seinen schnellen Stimmungswandel, bemühe ich mich, mir meine Verwunderung nicht anmerken zu lassen.

„Ich stehe aber mehr auf Zuckerwatte", entgegne ich und bin erleichtert über unsere wiedergefundene Harmonie – auch wenn der Frohsinn nur vorgetäuscht ist.

„Alles, was du willst, meine hübsche Zuckerschnute", sagt er augenzwinkernd und gibt Gas.

4

Finn schiebt mich mit dem Rolli über den unebenen Boden des Rummelgeländes und scheint sich nicht weiter daran zu stören, dass wir aufgrund des Rollstuhls in diesem Gewimmel nur schleppend vorankommen.

„Schau mal!", sagt er auf einmal, nachdem wir bisher schweigend unterwegs waren. „Dort gibt es Zuckerwatte. Möchtest du eine?"

„Gerne", antworte ich, obwohl ich momentan gar keinen Appetit auf etwas Süßes habe.

Abrupt lenkt er uns zur Naschbude und bestellt eine Zuckerwatte, um sich kurz darauf mit den Lebkuchenherzen zu beschäftigen. Er wählt eines aus, auf dem *„Für meine Prinzessin"* geschrieben steht und hängt es mir um den Hals.

„Danke", sage ich verlegen und weiß nicht, wie ich damit umgehen soll, ausgerechnet von Finn umworben zu werden.

'Für meine Traumfrau' haben sie ja leider nicht im Angebot", entgegnet er mit einem spitzbübischen Lächeln und sorgt mit seiner

Bemerkung dafür, dass mir die Kinnlade runterfällt.

Während er bezahlt, versuche ich, mich wieder zu sammeln, aber meine Überraschung steht mir bestimmt ins Gesicht geschrieben. Ist es Kalkül, dass er mir unentwegt Honig um den Bart schmiert, um mich weichzukochen, oder sollte er sich tatsächlich für mich interessieren? Doch bevor ich mich weiter mit dieser Frage auseinandersetzen kann, wendet sich Finn mir mit einem charmanten Lächeln zu.

„Ich denke, ich ahne, was gerade in deinem hübschen Köpfchen vorgeht. Wahrscheinlich traust du mir nicht über den Weg und zweifelst jedes Kompliment an, das ich dir mache. Liege ich richtig?"

Er geht in die Hocke, um mit mir auf Augenhöhe zu sein, und reicht mir die Nascherei.

Zaghaft nehme ich sie entgegen und bastle mir in meinem Kopf eine Antwort zurecht, die mich davor bewahrt, ihn zu verletzen oder zu viel von mir und meinen Gefühlen preiszugeben.

„Ehrlich gesagt bin ich mir noch nicht sicher, wie ich das alles einordnen soll."

„Ich weiß, es geht dir zu schnell und ich treibe es zu forsch voran. Glaub nicht, mir wäre nicht klar, dass ich das Tempo drosseln sollte. Aber ich bin selbst überwältigt von der Tatsache, dass wir heute Zeit miteinander verbringen, vor allem, dass du dazu bereit bist und dich mit mir abgibst."

„Na ja, die Zuckerwatte hat mich überzeugt", erwidere ich grinsend und zupfe ein großes Stück der klebrigen Süßigkeit ab, um sie mir in den Mund zu stecken.

„Und so wie es aussieht, willst du auch nicht mit mir teilen", amüsiert er sich und macht Andeutungen, sich etwas zu stibitzen.

Ich ziehe die Zuckerwatte zurück und kichere so fröhlich vor mich hin, dass ich über mich selbst staune. Wer bin ich gerade? Ein Klon mit einer charakterlichen Neuprogrammierung? Unbeschwertes Kichern stand bei mir schon lange nicht mehr auf dem Programm. Das ist eher ein Relikt aus vergangenen Tagen.

„Ich wäre bereit, dir etwas abzugeben, wenn du dich als würdig erachtest", erwidere ich und schiele auf die mittelalterlichen Stände vor uns, aus deren Richtung soeben ein ritterlich gekleideter Mann auftaucht, der wie ein Krieger aus vergangenen Tagen an uns vorbeistampft.

„Soll ich ihn zum Kampf herausfordern?", fragt Finn und lässt sich auf meinen Spaß ein.

„Ich habe heute allerdings mein Ross und die Lanze nicht dabei."

„Ich glaube, das ist nicht nötig", antworte ich mit strahlenden Augen und freue mich über Finns Unkompliziertheit. „Außerdem scheint er ebenfalls pferdlos zu sein."

„Ich könnte dir eine Blume erkämpfen", hat er offenbar die richtige Methode entdeckt, mein Herz zu erobern und somit ein Recht auf ein Stück meiner Zuckerwatte.

„Das klingt heldenhaft", gebe ich ihm zu verstehen, mit seinem Vorschlag einverstanden zu sein.

„Also gut", sagt Finn und zwinkert mir zu. „Aber iss bis dahin nicht alles auf."

„Ich werde mich bemühen", entgegne ich und stecke mir provokant ein weiteres Stückchen in den Mund.

„Ich fürchte, ich muss mich beeilen", stellt Finn fest, „sonst bekomme ich nichts mehr ab."

Er richtet sich wieder auf und schiebt mich auf direktem Weg zum Schießstand. Dort angekommen zückt er sein Portemonnaie und reicht dem Verkäufer einen Geldschein, der ihm daraufhin ein Gewehr vorbereitet, welches er Finn übergibt.

„Welche Blume möchtest du haben?", lässt er mir die Wahl und scheint keinen

Zweifel zu haben, alles zu treffen, was immer ich mir aussuche.

„Ich hätte gern das gelbe Blümchen neben der langen roten Rose", antworte ich bescheiden und zeige mit dem Finger auf ein leicht zu schießendes Ziel.

Finn lacht und schüttelt den Kopf. Ohne ein weiteres Wort dreht er sich um und setzt das Gewehr an. Mit zwei Schuss hat er das Plastikröhrchen unter der gelben Blume zerbrochen. Erneut zieht er den Ladehebel nach unten und nimmt ein weiteres Objekt ins Visier. Nach wenigen Schüssen ist auch das Röhrchen der Rose zersplittert. Finn legt das Luftgewehr beiseite und lässt sich die Blumen vom Verkäufer geben. Gleich darauf wendet er sich mir zu und überreicht mir die Trophäen.

„Wow, du hast ja tatsächlich beide abgeschossen!", bin ich schwer beeindruckt und fange seinen stolzen Blick ein.

„Glaubst du im Ernst, ich speise meine Prinzessin mit einer mickrigen Blume ab?", gibt er schmunzelnd zurück.

„Für ein Stück Zuckerwatte hätte sie gereicht", mache ich deutlich, dass er sich seinen Preis mehr als verdient hat.

„Die Rose war ja auch im Austausch für dein Herz gedacht", erwidert er lachend und schnappt sich etwas von der rosa gefärbten Süßigkeit. Er beugt sich zu mir runter und stützt sich auf den Armlehnen meines Rollstuhls ab. „Also? Hab ich jetzt eine Chance?", fragt er mit sanfter Stimme und fährt mit seinem Blick durch mein Gesicht.

„Ich würde sagen, das war schon mal ein guter Anfang", antworte ich leicht verlegen, denn die plötzliche Ernsthaftigkeit in seinen Augen lässt keine andere Antwort zu und würde ihn womöglich verletzen. Außerdem kann ich meinen rasenden Puls nicht ignorieren, den seine soeben ausgesprochene Bemerkung, es ginge ihm um mein Herz, in die Höhe schießen ließ.

„Das klingt gut", sagt er in gedämpftem Ton und streicht mit seinen Fingerkuppen über meine Wange.

„Aber um mein Herz zu erobern, ist schon etwas mehr nötig", ergänze ich und erlaube mir, seine spontane Zärtlichkeit zu genießen.

„Ich weiß", haucht er mir entgegen und blickt mich sehnsüchtig an. „Du bist etwas Besonderes – für dich muss ein Mann mindestens die Sterne vom Himmel holen."

„Findest du?", horche ich auf und wünschte, ich könnte in seinen Kopf schauen, um herauszufinden, wie ernst ihm seine Worte sind.

Er lächelt bloß und richtet sich wieder auf.

„Lass uns weiterschlendern, Mina", schlägt er vor und begibt sich hinter mich, um den Rolli voranzuschieben. „Es ist so ein schöner Abend und ich genieße es, mit dir auf andere Gedanken zu kommen."

„Okay?", erwidere ich fragend und gerate ins Grübeln, während Finn den Weg mit mir fortsetzt. Eine Weile ist es still zwischen uns, bis mich meine Neugier überwältigt und ich ihn auf seine beinahe unschuldig nebenbei bemerkten Worte anspreche.

„Wovon musst du dich mit mir ablenken?", frage ich skeptisch, als wir gerade eine Würstchenbude passieren.

„Was meinst du?", gibt er sich unwissend.

„Also Finn, bitte!", zeige ich mich verständnislos über seine Reaktion. „Denkst du, ich kann nicht zwischen den Zeilen lesen? Dich beschäftigt etwas und du versuchst es zu vergessen, indem du mit mir Zeit verbringst. Bin ich nur ein Notnagel für dich? Dann solltest du mich jetzt besser nach Hause bringen."

„Waaas?", scheine ich Finn überrumpelt zu haben. Immerhin habe ich ihn indirekt vor die Wahl gestellt: Entweder er vertraut sich mir an oder der Abend ist beendet. Das war ungeschickt von mir und anmaßend.

„Nein, verflixt noch mal, Mina!", ist seine somit auch wenig entspannte Antwort. „Was muss ich denn noch sagen, damit du mir glaubst, dass mein Interesse an dir ehrlich ist? Es kann doch nicht sein, dass du mir unentwegt misstraust!"

„Tut mir leid", sage ich kleinlaut und registriere, wie Finn den Rollstuhl in eine ruhige Ecke manövriert. Dort bleibt er mit mir stehen und setzt sich vor mich auf eine abgestellte Kiste neben einem Crêpes-Stand. „Aber deine Bemerkung klang so, als wäre ich dir nur im rechten Moment begegnet."

„Ja, Mina, du ahnst ja gar nicht, wie richtig der Moment vorhin war", gibt er überraschenderweise zurück. „Wenn ich eines bestimmt nicht wollte, dann war es die Tatsache, mich mit Kati abgeben zu müssen."

„Das verstehe ich nicht. Warum bist du dann zu ihr gefahren?"

„Ich hatte etwas mit ihr zu klären", antwortet er einsilbig und reibt sich unsicher den Nacken.

Ungeduldig warte ich darauf, dass er fortfährt und den Schleier lüftet, der sich soeben zwischen uns aufgetan hat. Doch er wirkt nervös und nicht willig, sich mir gegenüber zu öffnen.

„Und was habt ihr miteinander zu klären?", rutscht es mir heraus. Ich rolle innerlich mit den Augen und ärgere mich über mich selbst. Meine Frage war unangemessen. Schließlich kennen wir uns kaum und es geht mich im Grunde nichts an, was er mit Kati zu besprechen hat. Andererseits möchte ich schon gerne wissen, ob er mich nur als Lückenbüßerin missbraucht.

„Darüber möchte ich jetzt nicht reden", entgegnet er ungehalten und vermeidet den Augenkontakt zu mir. Unruhig nestelt er an einem Faden seiner durchgescheuerten Jeans herum.

„Verstehe", sage ich enttäuscht, obwohl mir bewusst ist, dass ich kein Recht habe, mehr von ihm zu erfahren. Jedoch sorgt seine plötzliche Verschlossenheit auch nicht wirklich für Vertrauen zwischen uns. Von meinen mannigfaltigen Gefühlen ihm gegenüber gewinnt die Skepsis soeben wieder die Oberhand und breitet sich schneller in mir aus als ein Virus. Meine Laune sinkt auf einen Tiefpunkt, denn ich fühle mich ausgenutzt. Mein Wunsch, den Rummel zu verlassen, wächst ebenso wie das Bedürfnis, Finn in Zukunft besser aus dem Weg zu gehen. Er wäre mühelos in der Lage, mir das Herz zu brechen, weil ich in seiner Gegenwart viel zu verletzlich

werde. All meine Selbstsicherheit, mein uner-
schütterliches Wissen, niemals die Kontrolle
zu verlieren, schwinden, umso mehr Zeit ich
mit ihm verbringe. Denn das Gefühlschaos in
mir ist nicht mehr zu bändigen. Einerseits
möchte ich mich ihm an den Hals werfen und
alles glauben, was er mir sagt, andererseits
will ich ihn in die Wüste schicken, weil er ein
Mysterium ist und seine Handlungen un-
durchschaubar sind.

„Vielleicht sollten wir jetzt gehen", gebe
ich meine Enttäuschung zu erkennen.

Finn nickt traurig und fährt sich durch
sein dunkles kurzes Haar.

„Ich habe schon mit dieser Reaktion von
dir gerechnet", kann er mich besser einschätzen als gedacht. „Da ich dein Vertrauen bisher nicht gewinnen konnte, wird dich mein
Schweigen erst recht verunsichern."

„Und warum kannst du dann nicht über
deinen Schatten springen?", frage ich verwirrt.

„Weil du mich nicht mehr respektieren
könntest, wenn du die Wahrheit wüsstest."

„Möchtest du es nicht mir überlassen, dies
zu beurteilen? Womöglich schätze ich einiges
anders ein als du denkst."

Finn reibt sich stumm das Kinn. Offenbar haben ihn meine Worte zum Nachdenken angeregt, was mich hoffen lässt, dass er mich einweiht. Gespannt beobachte ich seine wechselnde Mimik und warte darauf, dass er sein Schweigen beendet.

„Es könnte aber auch sein, du beurteilst es genau *so*, wie ich fürchte", kann er sich offensichtlich nicht entschließen, mir die Sache mit Kati zu erklären.

„Wie es aussieht, können wir uns beide kein Vertrauen schenken. Das ist keine gute Basis für eine Freundschaft, findest du nicht auch?"

Finn stößt die soeben eingeatmete Luft geräuschvoll aus und sieht mich hilflos an.

„Wow, Mina, dein Weitblick ist beeindruckend. Ich wüsste nicht, was ich dazu noch sagen könnte." Er erhebt sich schwerfällig und schaut mit leerem Blick in die Ferne. „Wenn du also darauf bestehst, fahre ich dich nach Hause."

Ich nicke bedrückt, obwohl alles in mir danach schreit, gerade jetzt bei ihm zu bleiben, ihn nicht vorschnell aufzugeben. Ich spüre genau, dass er unter Druck steht – ihn etwas belastet, das ihn förmlich zerfrisst. Doch meine verletzten Gefühle stehen mir im Weg. Ich bin gekränkt, nur weil er was vor mir verheimlicht. Dabei steht es mir überhaupt nicht zu, in seine Geheimnisse eingeweiht zu werden, immerhin bin ich praktisch eine fremde Person für ihn. Das sollte mir klar sein. Ist es im Grunde auch. Trotzdem reagiere ich viel zu empfindlich. Was ist bloß mit mir los?

Finn begibt sich hinter mich und beginnt, mich langsam Richtung Ausgang zu schieben. Ich müsste ihn aufhalten – ihm klarmachen, dass ich mir nichts weiter wünsche, als mehr Zeit mit ihm zu verbringen. Aber ich übergehe mein Bauchgefühl und lasse den Kopf entscheiden. Es gibt von nun an kein Zurück mehr. Der Abend ist beendet.

5

„Hast du schon gehört, Mina?", fragt mich Kati am nächsten Morgen vor den Physikräumen, die direkt gegenüber des Lehrerzimmers liegen.

„Nee, was? Dass du mich gestern vor deiner Haustür hast auflaufen lassen?", gebe ich gereizt zurück.

„Ach, wie witzig", erwidert sie dazu lediglich und denkt nicht im Traum daran, sich bei mir für ihr gestriges Verhalten zu entschuldigen. „Ich meine natürlich die Neuigkeit, dass Finn von der Schule fliegen wird."

„Was redest du da?", frage ich erschrocken und starre sie ungläubig an.

Kati lacht hämisch, sodass ihr übertrieben rot geschminkter Mund fast bedrohlich wirkt. Dabei wirft sie ihr glatt gebügeltes, Wasserstoffperoxid gebleichtes Haar kokett nach hinten.

„Ich komme gerade von Direktor Wagner und habe ihm davon erzählt, dass es Finn war, der vor ein paar Tagen sein Auto demoliert hat und einfach abgehauen ist."

„Wie kommst du darauf?", frage ich empört. „Das hast du dir doch bestimmt bloß ausgedacht, um Finn eins auszuwischen, nachdem er dich gestern nach deinem hysterischen Auftritt stehen ließ."

„Ha, das ist ja lächerlich! Du glaubst doch nicht ernsthaft, dass mir das was ausgemacht hätte", behauptet sie wenig glaubhaft und dreht mit ihrem Zeigefinger in ihrem Haar herum. „Ich habe gesehen, wie Finn mit seinem Auto den roten SUV des Schuldirektors angestoßen hat."

„Ich glaube dir kein Wort", lehne ich es ab, ihre Äußerungen für wahr zu erklären, obwohl mir bewusst wird, dass an der Sache was dran sein muss – diese womöglich die Erklärung für alles ist: dass Finn gestern Abend bei Kati aufgeschlagen ist und sich mir gegenüber später so zugeknöpft gab.

„Na und! Ist mir doch egal, ob du es glaubst. Herr Wagner war mir jedenfalls sehr dankbar für meinen Tipp. Und wenn du schlau bist, gibst du dich mit einem Typen wie Finn nicht ab."

Ich bin schockiert über Katis Boshaftigkeit – dass sie bereit ist aufgrund ihrer gekränkten Eitelkeit einem Mitschüler möglicherweise die Zukunft zu verbauen. Wer weiß, was ein Verweis so kurz vor dem Abitur für Finn bedeuten würde. Es ist nicht ausgeschlossen, dass er von keiner anderen Schule mehr aufgenommen wird. Sein ganzes Leben könnte dadurch eine dramatische Wendung nehmen. Das kann ich nicht zulassen!

Ich balle meine Hände zu Fäusten und schnaufe wie ein Stier in der Kampfarena. Wäre ich nicht an diesen hinderlichen Rollstuhl gefesselt, würde ich jetzt in Erwägung ziehen, mit der einen Hand in ihre schlecht gemachten Extensions zu greifen, um sie ihr wie ein paar Teppichflusen vom Kopf zu reißen. Mit der anderen würde ich ihr mit Hilfe schlagkräftiger Argumente hübsche bunte Farben ins Gesicht hämmern. Da ich jedoch ein friedfertiger Mensch bin, wäre ein solches Vorgehen auch ohne Gehbehinderung nicht mein Niveau. Trotzdem ist ein bisschen davon träumen, eine erbarmungslose Ninja-Kämpferin zu sein, ja nicht verboten.

„Und wenn *du* schlau bist", knüpfe ich an ihre letzte Bemerkung an, „dann überlegst du dir das nächste Mal dreimal, ob du jemanden ungerechtfertigter Weise anschwärzt. Den SUV des Direktors habe nämlich *ich* beschädigt und nicht Finn!"

Kati sieht mich an, als wäre ihre Hirnmasse zu einem gewaltigen Nichts implodiert. Erkennbar sucht sie nach Worten, doch meine soeben unerwartet getroffene Aussage hat ihr offenbar die Sprache verschlagen.

„Ich bin mit meinem Rollstuhl versehentlich gegen sein Auto gekommen. Finn ist unschuldig."

Kati tänzelt auf der Stelle herum und ist wohl dabei, ihre Gehirnzellen zu sortieren. Ich habe sie kleingekriegt – jedenfalls für den Moment. Jetzt muss es mir bloß noch gelingen, dies Herrn Wagner zu erklären.

„Du spinnst doch!", hat sich Kati offenbar schneller gefangen als erhofft. „Ich habe den Unfall genau gesehen."

„Hast du auch", bestätige ich, um sie ruhigzustellen. „Aber dabei ist kein Schaden entstanden. Deshalb ist Finn ja auch weitergefahren."

„Behaupte, was du willst. Ich weiß, was ich gesehen habe", ist Kati unbeirrbar. Kopfschüttelnd wendet sie sich von mir ab und stolziert wie ein Paradepferd davon.

Nachdenklich kratze ich mir die Schläfe. Was ist nur in mich gefahren? Jetzt habe ich tatsächlich meine eigene Zukunft gefährdet, um Finns zu schützen. Das mag ja sehr nobel von mir sein, aber ausgesprochen unüberlegt. Andererseits will ich es nicht hinnehmen, dass einem Mitschüler hinterlistig quasi ein Messer in den Rücken gerammt wird. Sicherlich hatte Kati ihre Motive, so zu handeln, trotzdem ist es unfair von ihr, Finn gleich an den Pranger zu stellen. Sie hätte ihm die Möglichkeit geben müssen, sich selbst zu stellen. Ich bin mir sicher, das hätte er auch noch getan. Denn warum sollte er für einen kleinen Blechschaden so viel riskieren? Aber ja! Diese Frage habe ich mir bisher gar nicht gestellt. Was mag ihn dazu bewogen haben, ausgerechnet auf dem Schulparkplatz Fahrerflucht zu begehen? – Das ist unerheblich! Im Augenblick zählt nur eines: Finns Kopf aus der Schlinge zu ziehen. Alles Weitere überlege ich mir dann.

Ich setze meinen Rollstuhl in Bewegung und navigiere ihn in Richtung Lehrerzimmer.

„Hey Mina, wo willst du hin?", ruft mir Julia hinterher, die gerade mit Anita vor den Physikräumen auftaucht. „Wir haben gleich Unterricht."

Ich wende meinen Kopf und lächle sie an.

„Keine Angst, ich komme sofort nach. Ich muss nur mal eben Finn retten."

Meine Freundinnen starren mich an, als wäre ich ein grünes Männchen vom Mars, das soeben durch eine Raum-/Zeitspalte geschlüpft und just in diesem Schulgebäude gelandet ist.

„Hä?", zeigt sich Anita verwirrt und kratzt sich auf ihrem dunklen Schopf herum.

„Wie jetzt?", fragt Julia irritiert. „Was hast du mit Finn zu tun?"

„Erzähle ich euch später, Mädels. Die Zeit drängt", erwidere ich und wende mich um. Entschlossen klopfe ich an die Tür des Lehrerzimmers. Keine drei Sekunden vergehen, bis geöffnet wird. Herr Wagner persönlich steht mir gegenüber und sieht mich fragend an. Mir rutscht das Herz in die Hose. Eigentlich weiß ich ja noch gar nicht so genau, was ich sagen will. Nun muss ich mir ad hoc eine Geschichte aus dem Ärmel schütteln.

„Mina, was kann ich für dich tun?", erkundigt er sich, als die Schulglocke im selben Augenblick zum Unterrichtsbeginn läutet. „Musst du nicht zu deinem Kurs?"

„Ja, ich müsste zur Physikstunde. Allerdings möchte ich dringend mit Ihnen sprechen."

„So? Hat das nicht Zeit bis nach der Stunde?", wundert er sich und zwirbelt seinen Schnurrbart.

„Nein", erwidere ich unbeirrt, „wie gesagt, es ist dringend."

„Also gut", gibt er zurück und geht beiseite, sodass ich an ihm vorbeirollen kann. Ich bleibe stehen und warte, bis er die Tür geschlossen hat. „Dann wollen wir mal in mein

Büro wechseln", entscheidet er und geht voran. „Frau Müller, bringen Sie uns bitte zwei Mineralwasser!", weist er seine Sekretärin an, als wir seinen Raum erreichen.

„Kommt sofort!", gibt sie zurück, während sich Herr Wagner an seinen Schreibtisch setzt. Ich platziere meinen Rolli neben dem Besucherstuhl und räuspere mich. Ohgottohgott, mir ist immer noch nicht klar, was genau ich jetzt sagen will. Ich hasse es zu lügen und doch habe ich diese unangenehme Situation heraufbeschworen.

„Wo drückt denn der Schuh?", möchte Herr Wagner wissen und beugt sich interessiert vor. Dabei greift er nach einem Kugelschreiber und spielt damit herum.

Noch grüble ich, wie ich beginnen könnte. Immerhin muss ich mir eine fiktive, aber glaubhafte Story spontan aus den Fingern saugen.

„Sagtest du nicht eben noch, es sei dringend?", will er mir wohl auf die Sprünge helfen, als ich weiterhin schweige.

„Natürlich", antworte ich mit wachsender Anspannung. „Es ist nur so, dass ich nicht weiß, wie ich es sagen soll."

„Rede doch einfach frei heraus, Mina. Wir sind hier unter uns und völlig ungestört."

Er legt den Kugelschreiber beiseite und spielt danach entspannt mit seinem gebogenen Schnurrbart. Dabei sieht er mich erwartungsvoll an.

„Ich habe Ihr Auto beschädigt!", platzt es plötzlich aus mir heraus. Gleich darauf verstumme ich wieder und prüfe die Mimik meines Gegenübers.

Herr Wagner zieht eine Augenbraue hoch, während er sich unaufgeregt zurücklehnt.

„Bitte, Mina, fahre doch fort. Ich bin ganz Ohr."

„Nun ja …", eiere ich herum. Verflixt und zugenäht, was sage ich jetzt bloß? Gerade wird mir klar, dass mir überhaupt keine Details bekannt sind. Weder weiß ich, wann der Unfall stattfand noch wie groß der Schaden an seinem Fahrzeug ist.

Ich schrecke auf, als die Tür geräuschvoll aufgestoßen wird und die Sekretärin wie ein Orkan ins Zimmer stürmt.

Auch Herr Wagner gibt seine lockere Sitzhaltung auf und wirkt verärgert. Offenbar hat ihm seine Assistentin die Vorfreude auf eine spannende Geschichte geraubt. Dabei war ich noch nicht mal ansatzweise so weit, eine realistisch anmutende Darstellung der Geschehnisse zu präsentieren. Deshalb kommt mir die ungestüme Unterbrechung gerade recht.

„Frau Müller, wann lernen Sie endlich anzuklopfen?", erkundigt sich Herr Wagner unwirsch. „Das ist doch eigentlich recht einfach, meinen Sie nicht auch?"

„Oh, natürlich, entschuldigen Sie bitte. Ich habe es wieder vergessen", zeigt sich Frau Müller einsichtig. Dabei leert sie ihr Tablett, indem sie die Mineralwasserflasche und zwei Gläser auf den Tisch stellt.

„Vielen Dank, und vergessen Sie beim Rausgehen nicht Ihren Kopf", witzelt er und greift nach der Flasche, um die Gläser zu befüllen.

„Nein, nein, keine Angst, der ist festgewachsen", erwidert sie kichernd und eilt aus dem Raum.

„Frau Müller! Wie wäre es, wenn Sie die Tür noch schließen würden?"

„Oh, das habe ich vergessen, sorry."

„Na klar, wie sollte es anders sein", murmelt er kopfschüttelnd.

Langsam schiebt er mir ein Glas zu und greift sich das andere, um einen Schluck von der sprudelnden Flüssigkeit zu trinken. Nachdem er sein Wasser abgestellt hat, wechselt er erneut in eine tiefenentspannte Sitzhaltung.

„Wo waren wir also stehengeblieben?", fragt Herr Wagner mit einem leichten

Schmunzeln, als wüsste er genau, dass ihn ein paar abenteuerliche Ausführungen erwarten, die ihn zu unterhalten versprechen. „Richtig", fügt er an, als hätte ich geantwortet. „Du hast soeben behauptet, meinen Wagen beschädigt zu haben. Sehr interessant!" Sein Lächeln wird breiter. „Wann soll das denn passiert sein, Mina? Und verrate mir doch bitte, wo und wie genau ein Schaden entstanden ist."

Nervös greife ich zu meinem Glas und drehe spielerisch am Stiel herum.

„Wissen Sie, Herr Wagner …", beginne ich, als hätte ich schon ein paar Sätze im Kopf parat, dabei herrscht in meinem Hirn gähnende Leere, „… das weiß ich gar nicht mehr so genau", gelingt es mir, den Satz zu beenden. Na bitte, das war doch schon mal ein Anfang. Ein schlechter zwar … aber ein Anfang. „Es ging alles so schnell", fahre ich etwas selbstsicherer geworden fort. „Plötzlich bin ich mit meinem Rollstuhl gegen Ihr Fahrzeug gekommen und habe es nur krachen gehört. Da war mir klar, es muss was kaputt gegangen sein. Wann das war und wo, ist mir entfallen. Ich war so aufgeregt."

„Du willst mir also weismachen, dass du dich an solch heikle Details nicht mehr erinnerst?", wirkt Herr Wagner nicht überzeugt.

„Tut mir leid, nein", antworte ich schon wieder verunsichert (adieu, du kurzfristig aufgekeimte Selbstsicherheit).

„Aha!", erwidert er knapp und beginnt, mit seinem Ledersessel hin und her zu wippen. Das Stuhlgelenk knatscht wie ein altes Mühlenrad und die Zeit rinnt dahin. Herr Wagner wirkt nachdenklich und mustert mich, als wäre ich ein seltenes Fossil.

Irgendwie läuft das alles hier total schräg. Müsste der Schuldirektor nicht dankbar sein, dass sich ihm der Übeltäter freiwillig auf einem Silbertablett serviert? Vielleicht sollte ich ihm mein Geständnis noch schriftlich geben, damit er mir glaubt.

„Selbstverständlich werde ich für den Schaden aufkommen", versuche ich erneut, mich zur Schuldigen zu erklären.

„Jetzt wird es spannend", erwidert er aufgeweckt und nimmt eine aufrechte Sitzhaltung ein. „Du willst also für eine Beule in meinem Auto geradestehen, deren Ausmaß dir nicht bekannt ist. Hinzukommt, dass du keine Ahnung hast, wann und wie genau es passiert ist."

„Na ja", entgegne ich und finde keine schlüssige Erklärung für seine seltsame Gelassenheit. „Ja", runde ich meine Antwort ab, indem ich ihm einfach zustimme.

„So, so", gibt er zurück und macht mir somit deutlich, mir nicht mal ansatzweise zu glauben. „Warum erzählst du mir diese Geschichte, Mina?", will Herr Wagner zu meiner Verwunderung wissen.

„Wie meinen Sie das?", lasse ich mich zu einer Gegenfrage hinreißen und spüre, wie mir die Sache entgleitet, die ich jedoch bisher ohnehin nicht wirklich im Griff hatte. „Wollen Sie denn nicht wissen, wer Ihr Auto beschädigt hat?", frage ich weiter.

„Hm …", zeigt er sich nun grübelnd, indem er seine Hände vor sich faltet und beide Daumen gegeneinanderdrückt. „Aber ja", beantwortet er meine Frage und beginnt zu nicken, während er dabei vergisst, auf die Stopptaste zu drücken. Sein Kopf wippt pausenlos auf und ab, sodass ich kurzzeitig überlege, meinen Zeigefinger auf seine Stirn zu legen, um ihn anzuhalten, als er plötzlich zum Stillstand kommt und sich ein Lächeln in seinem Gesicht formt.

„Es ist nur so …", hat er sich entschieden fortzufahren, „… du bist nicht die Erste, die ganz wild darauf ist, sich für einen Schaden an meinem Auto für verantwortlich zu erklären. Ich erhielt heute schon Besuch von zwei weiteren deiner Mitschüler mit beachtlichem

Verantwortungsbewusstsein, das mir durchaus fragwürdig erscheint. Ist dir zufällig bekannt, ob heute noch mehr Personen bei mir vorstellig werden, die mein Fahrzeug beschädigt haben wollen?"

Herr Wagner beugt sich weit vor und wartet auf meine Antwort – hofft wohl beinahe darauf, dass ich eine Liste weiterer Schuldiger hervorziehe und sie ihm vorlese.

„Davon weiß ich nichts", tue ich so, als wüsste ich nicht, dass Kati Finn verpetzt hat. Aber wer ist eigentlich die dritte Person? Hat sich Finn etwa freiwillig gestellt?

Herr Wagner drückt auf den Knopf der Gegensprechanlage und spricht ins Mikrofon.

„Frau Müller, sind Sie bitte so freundlich und holen Katarina Hellmann und Finn Berger aus den Klassen?"

„Selbstverständlich", flötet seine Assistentin wie ein Vögelchen zurück. „Wird sofort erledigt."

6

Fünf Minuten später sitze ich mit Kati und Finn Herrn Wagner bedröppelt gegenüber. Es herrscht Totenstille im Raum – noch fühlt sich niemand aufgefordert, etwas zu sagen. Unser Schuldirektor mustert uns der Reihe nach wie Sonderangebote im Supermarktregal. Ich fühle mich wie eine Schaufensterpuppe hinter Glas, der man vergessen hat, den Fummel überzuziehen – nackig und ausgeliefert.

Während Finn bis eben fragend zu Herrn Wagner schaute (denn bis jetzt ist das Thema der spontan einberufenen „Sitzung" noch unbekannt), wendet er seinen Blick nun zu mir und überlegt wohl, was eine Musterschülerin wie meine Wenigkeit im Büro des Direktors verloren hat.

Ich räuspere mich und sehe stur nach vorne – geradewegs in Herrn Wagners Gesicht, der offenbar Gefallen daran findet, uns wie die Orgelpfeifen vor sich platziert zu haben. Ich befinde mich in der Mitte – rechts von mir sitzt Finn, links Kati.

„Kann sich einer von euch denken, warum ich euch hier versammelt habe?", beginnt

Herr Wagner die inzwischen durchaus genüssliche Ruhe zu stören. „Mina, möchtest du nicht den Anfang machen? Immerhin bist du aufgrund unseres jüngst geführten Gesprächs noch im Thema. Unsere beiden Hinzugestoßenen müssen schließlich erst mal auf den neuesten Stand gebracht werden." Er nickt mir aufmunternd zu. „Bitte, Mina", sagt er und unterstreicht seine Aufforderung mit einem kurzen Kopfnicken.

Augenblicklich heftet sich auch Katis Blick auf mich und ich fühle mich umzingelt von drei Paar Augen. Werde ich jetzt gehängt, gesteinigt oder gedemütigt? – Ich entscheide mich für die vierte Variante, die mir hoffentlich die Möglichkeit bietet, einfach aus dem Büro herauszurollen – auf Nimmerwiedersehen. Habe ich wirklich ein falsches Geständnis abgelegt und mich selbst in diese prekäre Lage gebracht? Finn zuliebe? Einem Mitschüler, den ich kaum kenne? Bin ich verrückt oder verknallt? Vielleicht gibt es da gar keinen Unterschied. Wie auch immer. Mein Typ wird verlangt: Ich bin aufgefordert zu reden. Dann will ich mal irgendetwas von mir geben. Hauptsache diese gruseligen Blicke hören auf.

„Ähm … tja … also … es ist so …", stottere ich vor mich hin, um Zeit zu gewinnen. Ich mache mich gerade und atme tief durch. Es hat ja keinen Sinn, jetzt muss ich mein Spiel, das ich begonnen habe, auch zu Ende führen.

„Eben habe ich Herrn Wagner gestanden, dass ich neulich sein Auto beschädigt habe."

So, jetzt ist es raus. Was auch immer nun geschieht, darauf habe ich keinen Einfluss mehr. Aber ich habe gesagt, was ich zu sagen beabsichtigte.

Ich merke, wie mich Kati argwöhnisch anblickt.

„Tse!", höre ich sie ausrufen und sehe sie mit den Augen rollen, als ich mich ihr zuwende. „So ein Blödsinn!"

„Wie bitte?", beteiligt sich auch Finn mit einer ungläubigen Bemerkung von der anderen Seite. „Das ist doch Bullshit!"

Ich drehe meinen Kopf nach rechts und fange mir Finns verärgerten Blick ein.

„Was redest du da für einen Unfug?" Er sieht mich kopfschüttelnd an und wartet auf meine Antwort.

„Ich habe ihr vorhin schon nicht geglaubt, als sie mir den Quatsch in der kleinen Pause erzählte", geht Kati dazwischen. „Das sagt sie nur, um dich zu schützen."

„Was hast *du* überhaupt damit zu tun?", richtet Finn verwundert das Wort an Kati.

„Ich hatte dich gewarnt, dass ich zum Direktor gehe und alles erzähle", antwortet sie biestig. „Du hättest mich eben nicht versetzen dürfen. Aber du wolltest ja lieber mit Mina eine Spritztour machen."

„Tja, so ein Pech!", gibt Finn überlegen zurück. „Tatsache ist allerdings, dass ich dir zuvor gekommen bin und meinen Fehler Herrn Wagner längst gestanden habe."

„Na wie schön für dich", entgegnet Kati beleidigt und prüft den Lack auf ihren Fingernägeln.

„Hören Sie, Herr Wagner", wendet sich Finn nun an unseren Schuldirektor, „egal, was Mina Ihnen erzählt hat: Ich bin der Unfallverursacher – ich allein!"

„Das ist alles äußerst faszinierend", gibt Herr Wagner lässig zurück, als würde ihn das Thema nicht betreffen. „Bringen wir die Situation doch mal auf den Punkt: Wir haben einen von euch allen dreien angezeigten Schaden, dessen Ausmaß jedoch niemandem bekannt ist. Der Geschädigte scheine ich zu sein und das entsprechende Objekt mein Fahrzeug. Es haben sich zwei Personen freiwillig als Täter bekannt und eine weitere entpuppte sich als Petze aufgrund niedriger Motive."

Herr Wagner beugt sich so weit nach vorn, dass sein Oberkörper beinahe bis zum anderen Ende der Tischplatte reicht.

„Katarina, du kannst unsere illustre Runde jetzt verlassen", hat er sich entschieden, ihre Expertise nicht mehr zu benötigen.

„Aber …", entfleucht es ihr, bevor ihr klar ist, wie sie den Satz beenden kann.

„Ja?", fragt Herr Wagner interessiert.

„Ich wüsste schon gerne, was Sie tun werden", erlaubt sie sich zu sagen und glaubt allen Ernstes, ein Recht auf Informationen zu besitzen.

„Oh ja, das kann ich mir vorstellen", lässt er sie ohne Umschweife auflaufen. „Ich nehme an, du weißt noch, wo der Ausgang ist?"

Er zeigt mit der Hand zur Tür.

„Das ist also der Dank für meine Hilfe", schimpft Kati und erhebt sich aufgebracht vom Stuhl.

„Ich könnte dich auch eine Stunde nachsitzen lassen, Katarina", kontert Herr Wagner verärgert. „In dieser Zeit solltest du vielleicht den Satz: *Einen Mitschüler zu erpressen, ist falsch!* fünfhundert Mal aufschreiben."

„Püh!", ruft sie eingeschnappt aus und stolziert mit verbissener Miene aus dem Raum.

7

„So, und nun zu euch", sagt Herr Wagner und schenkt uns seine volle Aufmerksamkeit. „Wer von euch beiden möchte denn gerne der Hauptschuldige sein? Oder wollt ihr euch die Verantwortung teilen?"

„Ich bin diejenige, die Sie bestrafen müssen. Finn hat nichts damit zu tun", habe ich mich entschieden, ihn weiterhin zu schützen. „Sie dürfen ihn nicht der Schule verweisen, Herr Wagner. Das wäre einfach nicht richtig so kurz vor seinem Abitur."

Aus den Augenwinkeln heraus kann ich erkennen, wie sich Finn mir wütend zuwendet.

„Sage mal, bist du noch ganz bei Trost?", ruft er verständnislos aus. „Du kannst dir doch nicht meinetwegen die Zukunft verbauen! Wer bin ich denn, dass ausgerechnet du jemanden wie mich zu retten beabsichtigst?"

„Na, na, na …", geht Herr Wagner dazwischen. „Nun mach dich mal nicht so klein, Finn. Soviel mir bekannt ist, bist du ein ziemlich guter Schüler mit sehenswerten Noten.

Warum sollte sich wohl ein hübsches, intelligentes Mädchen wie Mina nicht für dich einsetzen wollen?"

„Weil ich es nicht wert bin", ist Finns knappe, höchst undurchsichtige Antwort.

„Weißt du, mein Junge", erwidert Herr Wagner und scheint von Finns Worten sichtlich überrascht zu sein (ich übrigens auch), „wir machen alle mal Fehler im Leben – in jedem Alter. Die Frage ist nur, wie wir damit umgehen – ob wir bereit sind, aus ihnen zu lernen. Deswegen sind wir aber nicht weniger wert als andere. So etwas darfst du dir niemals einreden."

„Ich würde Ihnen Recht geben, Herr Wagner, glauben Sie mir", nimmt sich Finn die weisen Worte unseres Schulleiters offenbar zu Herzen, „wenn dies der einzige Grund für meine Probleme wäre."

Herr Wagner sieht betroffen aus und lehnt sich nachdenklich nach hinten.

„Verstehe", gibt er lediglich zurück und zwirbelt grübelnd seinen Schnurrbart.

„Falls du dir Sorgen um *mich* machst (und ich hoffe nicht, dass ich einer der Gründe für deine Probleme bin), kann ich dich von dieser Bürde befreien", ergreife ich entschieden das Wort. „Ich allein bestimme über mein Leben und tue, was ich für richtig halte."

„Du wirst verflucht noch mal nicht meine Schuld auf dich nehmen!", lässt er meine Worte nicht gelten und zeigt sich über meinen Vorstoß alles andere als erfreut.

„Das ist nicht deine Entscheidung!", mache ich klar, dass ich weiß, was ich hier tue. Dabei ist mir das in Wahrheit überhaupt nicht klar.

„Ich will es mal so formulieren", mischt sich Herr Wagner wieder ein. „Es ist weder deine noch Finns Entscheidung, sondern die der Umstände, welche keiner von euch beiden ändern kann. Fakt ist nämlich, dass niemand der Schule verwiesen wird. Nicht du, Mina, und du auch nicht, Finn." Er sieht von einem zum anderen. „Es gibt keine Beule an meinem Auto – an keiner Stelle. Was auch immer dir für ein Missgeschick an meinem Fahrzeug widerfahren ist, Finn, es hatte keine Auswirkung und somit schließen wir das Kapitel hier ab. Ich will nichts mehr davon hören."

„Aber das verstehe ich nicht …", gibt Finn irritiert von sich und sieht Herrn Wagner mit großen Augen an.

„Ach Finn, wenn wir alles im Leben verstünden, würden wir Albert Einstein doch glatt Konkurrenz machen", entgegnet Herr Wagner grinsend. Er erhebt sich aus seinem

Ledersessel und begibt sich langsam zur Tür. Finn macht es ihm gleich, sodass auch ich mich aufgefordert fühle, meinen Rollstuhl zu wenden und ihnen zu folgen. Doch die Hand unseres Direktors verweilt auf der Türklinke und drückt sie nicht runter. Verwundert bleiben wir vor unserem Schuldirektor stehen.

„Bevor wir unser Stelldichein hier beenden, möchte ich euch noch etwas mit auf den Weg geben", ist Herr Wagner offensichtlich noch nicht fertig mit uns. „Ich habe nämlich den Verdacht, dass es zwischen euch beiden eine Menge ungeklärter Fragen gibt."

Finn und ich tauschen einen kurzen verunsicherten Blick miteinander aus, bevor wir zurück zu unserem Schuldirektor sehen. Ich bin schon sehr interessiert daran, was er uns zu sagen hat. Immerhin hat er aufgrund dieses Vorfalls und unseres gemeinsamen Gesprächs gerade einiges Persönliches von uns aufgeschnappt. Und da wir uns (vor allem ich mich) als äußerst sturköpfig gezeigt haben, dürften Finn und mir die Details durch die Lappen gegangen sein.

„Was denken Sie wohl, was ich vorhabe, sobald wir das Lehrerzimmer verlassen haben?", entgegnet Finn brummig und scheint bereits einen Plan in der Tasche zu haben, wie er mich einen Kopf kürzer machen will. „Ich werde eine ausführliche Unterhaltung mit Mina führen, in der wir selbstverständlich alle ungeklärten Fragen erörtern werden."

Er schenkt mir einen grimmigen Blick und mir schwant sofort, dass er die Worte unseres Schuldirektors fehlinterpretiert – er eine gefühlvolle, informative Unterhaltung mit einer Standpauke verwechselt.

„Falls du die Absicht hast, mich wegen meines Handelns zu kritisieren, kannst du dir das sparen", gebe ich Finn zu verstehen, dass ich zu allem stehe und mich seine übertriebene Verärgerung nicht beeindruckt. „Darauf habe ich nämlich keine Lust!"

„Moment mal, ihr beiden", meldet sich Herr Wagner wieder zu Wort. „So habe ich das nicht gemeint. Selbstverständlich hast du keine Lust auf ein Streitgespräch, Mina. Und du, Finn, hast mich völlig missverstanden."

Er schüttelt den Kopf und sieht zu Boden, überlegt, wie er einfühlsam fortfährt.

„Um zu verstehen, was bei euch beiden los ist, braucht man kein großer Menschenkenner zu sein. Nehmt euch doch mal die Zeit, um euch über eure Gefühle füreinander klar zu werden, und redet woanders darüber. Die Schule ist dafür der falsche Ort. Und wenn ihr das geklärt habt, solltest du, mein Junge, deine weiteren Probleme, die du vorhin im

Gespräch lapidar unter den Teppich gekehrt hast, mit Mina vertiefen. Offenbar hat sie es anders verstanden und glaubt nun, ein Teil dieser Probleme zu sein, was du sicherlich nicht so stehen lassen willst." Er öffnet die Tür und weist uns den Weg nach draußen. „Liebe geht manchmal wirklich seltsame Wege", murmelt er noch in seinen Bart, bevor er zurück in sein Büro geht und die Tür ins Schloss fallen lässt.

8

Finn lässt keine Zeit vergehen, nachdem wir das Lehrerzimmer verlassen haben, und schnappt nach den Griffen meines Rollstuhls. In hohem Tempo schiebt er mich zum Fahrstuhl, als ginge es um Leben und Tod.

„Darf ich fragen, wo du mit mir hinwillst?", möchte ich verwundert wissen, immerhin hätten wir eigentlich Unterricht.

„Ins Untergeschoss zu den Archiven, um in Ruhe mit dir zu reden", antwortet er in gereiztem Ton.

„Du weißt aber schon, dass ich jetzt Physik habe", gebe ich zu bedenken. „Außerdem hat uns Herr Wagner gebeten, das später zu klären – außerhalb der Schule."

„Es wird kein Später mehr geben", gibt er zurück, als wir am Fahrstuhl angekommen sind. Er drückt auf den Knopf und verstummt, während ich darüber nachdenke, ob ich das falsche Drehbuch aufgeklappt habe.

„Wie meinst du das?", zeige ich mich irritiert.

Die Fahrstuhltür gleitet auf und Finn schiebt mich in die Höhle des Löwen. Er antwortet nicht und drückt auf die Schaltfläche.

Kurz darauf geht es abwärts, bis uns der Fahrstuhl im Keller ausspuckt.

„Hör zu, Finn, ich will hier nicht sein", lasse ich ihn wissen, dass mir sein Plan missfällt, mich in die Katakomben der Schule zu entführen.

„Hier können wir in Ruhe reden", übergeht er meinen Protest. Er navigiert mich zu einem der Regale und stellt mich neben einem einsam herumstehenden Stuhl ab. Er verrückt das Sitzmöbel so, dass wir uns gegenübersitzen, und macht es sich darauf bequem.

„So", sage ich, „und was folgt nun? Eine Abreibung? Willst du jetzt an meine Vernunft appellieren und mir klarmachen, wie unüberlegt mein Handeln war?"

„Ja, so etwas Ähnliches", gibt er postwendend zurück und zeigt mir ein verärgertes Gesicht.

„Es ist, wie Kati gesagt hat", beginne ich mit meiner Verteidigung. „Ich wollte dich bloß schützen."

„Aber ich habe nicht um deinen Schutz gebeten", poltert er nun drauflos. „Ich habe ja nicht mal gewollt, dass du davon erfährst!"

„Tja, siehst du", lasse ich meiner Enttäuschung freien Lauf, „und genau das will mir nicht einleuchten. Gestern noch hast du was von ‚Vertrauen' gefaselt. Ich sollte dir abkaufen, dass du echte Gefühle für mich hegst ..."

„So ist es ja auch", fällt er mir empört ins Wort.

„Also schön", reiße ich das Rederecht wieder an mich, schließlich habe ich noch nicht alles gesagt, was mir auf der Zunge liegt. „Dann dürfte es ja nicht zu viel verlangt sein, auch *mir* einfach zu vertrauen."

„Nein, Mina, so läuft das nicht", ist er nicht überzeugt. „Ich konnte ja nicht ahnen, dass du dich quasi sofort für mich vor einen fahrenden Zug wirfst. Woher wusstest du das überhaupt? – Wahrscheinlich hat Kati geplaudert", gibt er sich die Antwort gleich selbst.

„In der Tat, Finn, Kati hat geplaudert! Und ja, sie hat mich schadenfroh über jedes Detail dieses Vorfalls informiert. Kannst du dir vorstellen, wie erschrocken ich über ihre Boshaftigkeit war? Sie hat mir erzählt, man würde dich der Schule verweisen. Ich konnte und wollte das nicht zulassen. Das hätte ich natürlich für jeden getan", mache ich deutlich, wie wenig sein gestriges Liebesgeständnis Einfluss auf mein Handeln hatte.

„Und genau das glaube ich dir nicht, Mina", zweifelt Finn meine Worte an. „Ich befürchte, es war falsch von mir, dir meine Gefühle so unvermittelt zu offenbaren. Deshalb hast du dich dazu hinreißen lassen, für mich zu lügen."

„Selbstverständlich brauchst du mir nicht zu glauben", erwidere ich gekränkt. „Aber ich kann nur wiederholen, was ich gerade gesagt habe. Ich hätte es für jeden getan, denn ich hasse Ungerechtigkeiten. Und Kati war dir gegenüber ungerecht. Ich bereue nichts und würde es jederzeit wieder tun."

Finn vergräbt sein Gesicht in den Händen und stöhnt auf.

„Aber du hättest vorher mit mir reden müssen, Mina!", überschlägt sich der Ton seiner Stimme, als er mich im nächsten Moment aufgebracht ansieht. „Ich habe getan, was mir Kati vorgeworfen hat! Deshalb war es naiv von dir, mich zu verteidigen!"

Er wirft mir einen selbstzerstörerischen Blick zu, als wollte er alles daran setzen, sich zu einem Schwerverbrecher zu erklären und mich aus seinem Leben zu vergraulen.

„Du findest also Menschen naiv, die sich selbstlos für andere einsetzen?", entgegne ich und bin bemüht, meine verletzten Gefühle zu verbergen.

„Natürlich nicht", antwortet er genervt und deutet somit an, einen Unterschied zu machen zwischen *meinen* Motiven zu helfen und denen anderer. „Hilfe ist immer willkommen, aber keine unüberlegte Selbstaufgabe."

Ich rolle etwas näher an Finn heran und schaue ihm tief in die Augen.

„Du hast Recht, Finn, meine Aktion war ein wenig unüberlegt", gebe ich ehrlich zu. „Und ja, ich hätte zuvor mit dir reden müssen." Ich greife nach seiner Hand und drücke sie vertrauensvoll. „Es tut mir ehrlich leid. Aber ich habe einfach Rot gesehen, als mir Kati wie ein hungriger Aasgeier davon berichtet hat."

Aufgewühlt entzieht er mir seine Hand und rückt von mir ab.

„Du hast mich ja nicht mal gefragt, warum ich Fahrerflucht beging!", wirft er mir lautstark vor und springt von seinem Stuhl auf, um vor mir wie ein wütender Löwe auf und ab zu laufen.

„Nein, habe ich nicht!", erwidere ich in der gleichen Lautstärke. Langsam bin ich gestresst von seiner übertriebenen Negativität. „Das spielte für mich auch keine Rolle", mache ich klar und hoffe, ihn endlich beruhigen zu können.

„Das sollte es aber, Mina!", sagt er barsch und scheint alles andere als von meinen Worten beruhigt worden zu sein. „Merkst du denn nicht, dass ich dir nicht guttue?"

„Wie kommst du auf so etwas?", frage ich verdutzt und beobachte ihn dabei, wie er unruhig zwischen Stuhl und Regal hin und her stampft.

„Das liegt doch auf der Hand. Gestern erst habe ich dir meine Gefühle gestanden und heute bereits opferst du dich für mich auf. Das will ich nicht, verstehst du?"

„Herrje, Finn, dramatisiere diese Sache doch nicht so. Und bitte mach dich von dem Gedanken frei, deine Gefühle für mich hätten hier eine Rolle gespielt. Ich bin schlichtweg ein Mensch, der sich für andere einsetzt."

Wie ein Pfeil schießt Finn zum Stuhl zurück und lässt sich schnaufend darauf nieder. Er greift mit beiden Händen nach den Rädern meines Rollstuhls und bewegt mich näher zu sich heran.

„Du willst mir also weismachen, dies alles hätte nichts mit mir zu tun, sondern einzig und allein mit einer sozialen Ader, die so plötzlich in dir aufgekeimt ist?"

„Ja, Finn, ja!", antworte ich gereizt und nähere mich ihm provozierend um weitere Zentimeter. „Nur dass diese soziale Ader nicht *plötzlich*, sondern bereits seit Langem ein Teil von mir ist. Sobald ich auf Menschen treffe, die augenscheinlich in Not sind, erwacht in mir das Bedürfnis zu helfen. So bin ich nun mal."

„Es wäre schön, wenn ich das glauben könnte", entgegnet er deprimiert und legt seine Hand auf meine Wange. Er rückt so nahe an mich heran, dass sich unsere Köpfe an der Stirn berühren und sich sein Atem wie ein zarter Schleier über mich legt. „Aber mein Gefühl sagt mir, ich sollte dir besser aus dem Weg gehen, um *dich* zu schützen. Ich bin nicht der richtige Umgang für dich, Mina."

„Warum sagst du so was?", frage ich beinahe ängstlich, er könnte genauso schnell aus meinem Leben herauseilen wie er hineingeplatzt ist.

„Weil es mir wichtig ist, dass es dir gut geht – dass du den Weg gehst, der für dich vorbestimmt ist, und du nicht meinetwegen auf Abwege gerätst."

Er haucht mir unerwartet einen zarten Kuss auf die Wange und erhebt sich gleich darauf.

„Vergessen wir einfach alles, was gestern war, okay?", sagt er betrübt und sieht wie ein Trauerkloß auf mich herab.

Seine Worte fühlen sich wie eine schallende Ohrfeige an, nachdem, was bereits alles

zwischen uns vorgefallen ist – welche gefühl-
vollen Sätze er mir während unseres abendli-
chen Ausflugs zum Rummel zugeflüstert hat.

„Ich glaube nicht, dass ich das kann", antworte ich mit feuchten Augen und Schmerzen
in der Brust.

„Das tut mir sehr leid", erwidert er lediglich und dreht sich um – beabsichtigt, einfach
zu gehen. Auf halbem Wege bleibt er stehen,
wendet sich jedoch nicht um. Ich blicke erwartungsvoll zu ihm und hoffe, er überlegt
sich seine Entscheidung noch einmal anders – dass ihm klar wird, völlig irrational zu
handeln.

„Du denkst wahrscheinlich, ich bin ein
Idiot, oder?", scheint es ihm dennoch nicht
egal zu sein, was ich von ihm halte.

„Ist das jetzt noch wichtig?", will ich irritiert wissen, weil ich weder sein Vorgehen
noch seine Frage ansatzweise einordnen
kann.

„Nein, wohl eher nicht", gibt er mit trauri-
ger Stimme zurück und setzt seinen Weg zum
Ausgang fort.

9

Drei Monate sind nunmehr vergangen und ich versuche, so wenig wie möglich an Finn zu denken. Leider gelingt mir das nur bedingt, weil es sich nicht vermeiden lässt, dass wir uns in der Schule begegnen. Deshalb lenke ich mich so gut es geht ab, indem ich mich regelmäßig mit Julia und Anita treffe, übereifrig viel trainiere (ich kann das Wort „Basketball" bald nicht mehr hören) oder ich mehr denn je ehrenamtlich im Jugendtreff eines Problemviertels in Hamburg arbeite. Dort helfe ich den Kindern bei den Hausaufgaben oder höre mir einfach ihre Sorgen an, wenn ihnen danach zumute ist, mit jemandem zu reden. Da die meisten aus einkommensschwachen Verhältnissen stammen und in sozial benachteiligten Familien aufwachsen, gibt es immer jede Menge Redebedarf der Kleinen. Aber vor allem wächst in ihnen ein großes Bedürfnis nach Anerkennung heran, das ich versuche, soweit es mir möglich ist, zu stillen.

Trotz meiner umfangreichen Aktivitäten fällt es mir schwer, meine Gedanken an Finn zu zerstreuen. Es ist aber auch zum Mäuse-melken, dass er sich wie ein Parasit in meinem Kopf eingenistet hat. Ständig habe ich sein Gesicht vor Augen, erinnere mich daran, wie er mich in seinem Auto zärtlich anblickte, nachdem er mich so überraschend geküsst hatte. Kann es wirklich sein, dass es nur mir so geht und er mich tatsächlich abgeschrieben hat? Aber weshalb werde ich dann den Ein-druck nicht los, er würde mich in der Schule bei jeder Begegnung mit seinen Blicken ver-schlingen? Sobald er mir über den Weg läuft, nimmt er mich in Augenschein als wäre ich eine weltbekannte Schauspieler-Ikone, die ge-radewegs aus einem Hollywood-Blockbuster entsprungen ist. Vielleicht sollte ich das nächste Mal eine Autogrammkarte zücken, dann hätte er endlich einen Grund, mich an-zusprechen.

Mina, du solltest akzeptieren, dass es zwi-schen euch beendet ist, bevor irgendetwas be-gonnen hat. – Das ist leichter gesagt als getan. Immerhin hat er mir mein Herz im Schnell-verfahren geraubt. – Du kriegst das schon hin. Stell dich nicht so an, schließlich hast du es ge-schafft, dich mit einem Leben im Rollstuhl zu arrangieren. Dagegen ist ein bisschen Herz-schmerz doch Peanuts. – Ach, du hast doch keine Ahnung. Wieso spreche ich überhaupt

mit dir? – Weil ich du bin. Schon vergessen? – Kann ja gar nicht sein, sonst würdest
du nicht so reden.

Ich liege auf dem Bett in meinem Zimmer
und grüble bereits seit einer Stunde vor mich
hin. Dass ich in Gedanken einen Dialog mit
mir selbst führe, macht mir die Sache mit dem
Liebeskummer auch nicht leichter. Im Gegenteil. Wenn nicht gleich ein Wunder geschieht,
glaube ich noch, unter einer gespaltenen Persönlichkeit zu leiden.

Mein Handy klingelt und reißt mich aus
meinen fruchtlosen Gedanken. Ich bin erleichtert, denn dies scheint mein herbeige-
sehntes Wunder zu sein. Endlich gibt es etwas
Ablenkung.

Ich überprüfe das Display meines Smart-
phones und freue mich, dass es Julia ist, die
mich anruft. Sie ist eine wahre Meisterin darin, mich in kritischen Situationen auf andere
Gedanken zu bringen.

„Hey Süße, wie geht es dir?", fragt sie in
einem mitfühlenden Ton – bereits auf mein
chronisches Liebesleid eingestellt. Als meine
beste Freundin ist sie natürlich perfekt informiert über meinen einfach nicht enden wollenden Finn-Kummer und zeigt sich außeror-
dentlich verständnisvoll. Ich selbst habe nicht

so viel Verständnis für mich und gehe mir inzwischen gehörig auf den Keks. Aus diesem Grund bewundere ich ihre Geduld mit mir in höchstem Maße.

„Danke, dass du anrufst, Julia", gebe ich ihr zu verstehen, wie sehr ich mich darüber freue, sie an der Strippe zu haben. „Ich bin kurz davor durchzudrehen. Gerade habe ich in Gedanken ein Zwiegespräch geführt. Dabei habe ich quasi mit mir selbst gestritten. Gott, ich bin so was von reif für eine wilde Party!"

„Ich glaube, da kann ich dir behilflich sein", erwidert Julia lachend und hat direkt eine Lösung für mich parat. „Anita, Josie und ein paar andere aus unserer Klasse treffen sich heute im ‚Aquarell', um Josies bestandene Führerscheinprüfung zu feiern. Sie hat mich vorhin angerufen und mich darum gebeten, spontan ein paar Leute zusammenzutrommeln. Sie will einen ausgeben. Deiner derzeitigen Stimmung entnehme ich, dass du dabei bist, korrekt?"

„Oh Julia, ich könnt' dich knutschen! Das ist genau die Ablenkung, die ich jetzt brauche. Klar bin ich dabei! Wann geht's los?"

10

Kichernd nehme ich den inzwischen zweiten Cocktail von meinem Lieblingskellner entgegen und belohne ihn mit einem koketten Lächeln, nachdem er mir wiederholt zugezwinkert hat. Ich glaube, ich habe mich gerade blitzverliebt. Warum ist mir früher nie aufgefallen, was dieser Typ für einen verführerischen Blick draufhat? Seine stahlblauen Augen scheinen nicht von dieser Welt. Oder habe ich womöglich schon eine gestörte Wahrnehmung nach nur einem Cocktail? Wäre durchaus möglich, dass ich bereits einen kleinen Schwips habe, da ich das Abendbrot heute ausfallen ließ. Mein Hunger ist in der letzten Zeit so klein wie mein momentanes Gesichtsfeld. Daher weiß ich nicht so genau, was um mich herum passiert. Außer, dass sich mein Lieblingskellner plötzlich auf den Stuhl neben mich setzt und auf seinem Block zu schreiben beginnt.

„Ich heiße übrigens Paul!", schreit er gegen die laute Musik an. „Und das hier ist meine Telefonnummer."

Er reißt den beschriebenen Zettel von seinem Block ab und reicht ihn mir.

„Äh …", sage ich und versinke in diesem unverschämt knalligen Blau seiner Augen. Dabei dachte ich bis eben noch, mir würden braune Augen viel besser gefallen. Immerhin ist Finn mit den dunkelsten Augen gesegnet, die Gott je erschaffen hat. Eine mondlose Nacht ist dagegen wie ein Spaziergang bei strahlendem Sonnenschein.

Aber Momentchen mal! Was spielt das jetzt noch für eine Rolle? Ich will Finn schließlich vergessen und dieser Paul ist eine willkommene Abwechslung.

„In einer Stunde habe ich Feierabend", fügt er an, als ich den Zettel mit seiner Telefonnummer entgegennehme. „Hast du Lust, mit mir was trinken zu gehen – irgendwohin, wo es ruhiger ist und man sich besser unterhalten kann?"

Ich schaue Paul an, als wäre er ein Geist, der soeben als weißer Nebel aus einer Flasche geschwebt kam und vor meinen Augen eine menschliche Gestalt angenommen hat.

„Bist du dir sicher, dass du mit *mir* ausgehen willst und nicht etwa mit einer meiner Freundinnen hier am Tisch?", frage ich verwirrt, neuerdings ins Blickfeld attraktiver Männer zu geraten.

Paul lacht amüsiert und zeigt mir sein strahlend weißes Gebiss.

„Ich weiß sehr genau, was ich will", antwortet er vielsagend und schenkt mir ein erneutes Zwinkern, das ich nicht zu deuten weiß. Aber das ist mir zu diesem Zeitpunkt herzlich egal, weil ich erstens beschwipst bin und zweitens auf der Suche nach einer brauchbaren Ablenkung. Paul kommt mir da gerade recht.

„Na dann ...", entgegne ich grinsend und nippe an meinem neuen Cocktail. „Gerne."

„Cool", gibt Paul erfreut zurück und sieht aus, als hätte er einen dicken Haifisch an Land gezogen. Dabei bin ich maximal eine kleine Forelle.

„Nebenbei bemerkt, ich bin Mina, falls du noch wissen möchtest, wie ich heiße", habe ich das Gefühl, ihn darüber informieren zu müssen, mit wem er es zu tun hat.

„Ich weiß", erwidert er zu meiner Überraschung und erhebt sich von seinem Stuhl. „Schon seit Langem."

Er wirft mir einen innigen Blick zu, der mich mitten ins Mark trifft. Dabei lächelt er mich so warmherzig an, dass ich mich von seiner Aura eingefangen fühle.

„So?", frage ich mit hochgezogener Augenbraue. Dabei versuche ich mich von dem Bann, der uns plötzlich auf magische Weise verbindet, zu lösen. „Hat dir meine Freundin

Julia meinen Namen verraten? Immerhin ist sie stets darum bemüht, mich zu verkuppeln."

„Ich denke nicht, dass du es nötig hast, verkuppelt zu werden", erwidert er wie ein Gentleman und lässt meine Frage unbeantwortet. „Dann bis später", sagt er lediglich mit einem spitzbübischen Grinsen und geht einfach, während ich ihm perplex hinterhersehe, bis er in der Menge verschwindet. Ist das eben wirklich passiert oder verwechsle ich mögliche Wachträume mit der Realität?

„Huhu Mina, hier sind wir!", ruft mir Julia zu und wedelt fieberhaft mit ihren Armen, was ich aus den Augenwinkeln gut erkennen kann, obwohl mein Blick weiterhin in Pauls Richtung geht. „Das war kein Traum, Süße", bestätigt mir Julia, wach und ausgeschlafen zu sein, als hätte sie meine Gedanken gelesen. Ich wende mich ihr und den anderen zu und blicke in ihre neugierigen Gesichter. Julia, Anita und Josie haben mich fest im Visier und erwarten jetzt wohl einen ausführlichen Bericht über meinen unerwarteten Flirt. Erik und Philipp scheinen nicht sehr erbaut davon zu sein, dass ein fremder Kerl sich erdreistet, in ihr Revier einzudringen. Schließlich sind sie heute Abend nicht bloß unsere Klassenkameraden, sondern fühlen sich als männliche

Begleiter verantwortlich für unsere Sicherheit.

„Was wollte er denn von dir?", fragt Josie unbedarft, als könnte sie sich nicht vorstellen, dass so ein heißer Typ ausgerechnet *mich* anflirtet. Und ich gebe zu, dieses neuerliche Interesse der männlichen Spezies an meiner Wenigkeit ist tatsächlich ungewohnt.

„Na ja …", antworte ich verunsichert, was ich nun sagen soll. Ich muss schließlich selbst erst mal begreifen, was gerade passiert ist. Dass mich jemand um ein Date bittet, ist immerhin keine Alltäglichkeit.

„Na, was wird er schon gewollt haben?", hat sich Erik entschieden, für mich zu antworten. „Er ist scharf auf Mina und will sie abschleppen."

„Ach ja?", scheint Josie sichtlich beeindruckt davon zu sein, dass von den vier am Tisch sitzenden, durchaus ansehnlichen Grazien erstaunlicherweise *ich* angesprochen wurde – das Mädchen im Rollstuhl.

„Nun drück dich doch nicht so abwertend aus", zeigt sich Julia empört von Eriks Worten.

„Und du glaubst, das ändert was an den Absichten dieses schmierigen Blödmanns?", erwidert Erik gereizt. „Dem lief doch schon der Sabber aus dem Mund."

„Du bist ja bloß neidisch, dass du nicht vor dieser Sahneschnitte auf die Idee gekommen bist, dich mit Mina zu verabreden", mischt sich Anita ein und stößt den neben ihr sitzenden Erik mit der Schulter an, sodass er leicht zur Seite kippt.

„Ja, nee, is klar", gibt er unsicher zurück und senkt verlegen den Kopf.

„Oooh … wie süß, er wird ganz rot!", hört Anita nicht auf, Erik zu blamieren.

Die Mädels lachen laut auf und haben offensichtlich kein Problem damit, ihren Klassenkameraden bloßzustellen. Als ich etwas sagen will, um meine Freundinnen in ihrem Übermut zu bremsen, taucht Finn wie aus dem Nichts auf und sieht mich aufgebracht an. Ich erschrecke, ihn hier und heute zu sehen, schließlich torpediert er somit meine Absicht, sein Bild aus meinen Gehirnzellen zu löschen.

„Du hast doch nicht etwa vor, dich mit diesem Aufschneider zu treffen!", platzt es wie ein Korken aus einer Sektflasche aus ihm heraus.

„Was will denn jetzt auch noch der Schulplayboy von Mina?", meldet sich Philipp ebenfalls zu Wort und scheint sich wie Erik zu meinem Beschützer erheben zu wollen. „Offenbar hast du dich mit dem Tisch geirrt", fährt er fort, Finn zu reizen. „Deine Leute sind die Dumpfbacken an der Bar."

„Halt einfach die Klappe, du Nerd, und misch dich gefälligst nicht ein, wenn ich mit meiner Freundin sprechen will", kontert Finn ebenso unhöflich und erstaunt mich mit der Wahl seiner Worte. Immerhin hat er mich soeben zu seiner Freundin erklärt, und das vor Zeugen. Ob ihm wirklich klar ist, was er da eben gesagt hat?

„Mit deiner Freundin?", wiederholt Philipp genauso überrascht wie ich über dieses kleine, aber feine Detail, das nicht nur mir Rätsel aufgibt, sondern auch meinen Freunden, die allesamt nicht weniger blöd als ich aus der Wäsche gucken.

„Dann schau dich doch mal um", lässt Philipp nicht locker und zeigt mit dem Finger zur Bar, „da stehen mindestens fünf deiner aufgedonnerten hirnlosen Flittchen, die deine Freundinnen sind. Also rede mit einer von *denen*, falls ein Gespräch mit einer Strohhülle möglich ist."

„Philipp, fahr mal einen Gang runter", geht Julia dazwischen, als sie merkt, wie schwer es Finn fällt, sich nicht von den Angriffen auf seine Person provozieren zu lassen.

„Wieso, ich kann doch nix dafür, wenn unser Weiberheld hier eine nach der anderen flachlegt", kann er es nicht lassen, Finn weiter zu reizen.

„Herrgott noch mal, Philipp, merkst du nicht, dass du zu weit gehst?", will ich seinem unangemessenen Verhalten ein Ende setzen.

„Nein, lass ihn sich ruhig austoben", gibt sich Finn unbeeindruckt. „Vielleicht sucht er nach einer Gelegenheit, den Helden zu spielen. Frauen sind bei ihm ja Mangelware."

„Hä?", gerät Philipp nun unter Druck, da Finn erkennbar seine Achillesferse getroffen hat. „Bist du jetzt auch noch Gott oder was? Du kennst mich doch überhaupt nicht, du dämlicher Macho-Spinner."

„Philipp, hör endlich auf", versuche ich es erneut.

„Also, Philipp", erwidert Finn und scheint meinen Einspruch gleichermaßen wie meinen Klassenkameraden zu ignorieren, „du sagst es ja selbst: Wir kennen uns nicht weiter. Deshalb kannst du ebenso wenig über mich wie ich über dich urteilen. Ich bin kein Frauenheld, verstehst du? Sondern lediglich das Opfer dummen Geredes an der Schule. Und du wohl auch, denn dich halten die meisten für einen Freak, der mit seinem Computer ins Bett geht. Also tu mir einen Gefallen und kümmere dich um deinen eigenen Kram, bevor du mich blöd anquatscht, okay?"

Finn wendet sich mir zu und ignoriert, wie Philipp hilflos nach Luft schnappt, als wäre er eine Kaulquappe, die in einem ausgetrockneten Teich um ihr Leben kämpft.

„Können wir irgendwo alleine sprechen?", fragt er mich in besorgtem Ton, eine ablehnende Antwort zu erhalten.

„Ich weiß nicht, Finn", antworte ich demzufolge sichtlich auch nicht in seinem Sinne, denn seine Gesichtsmuskeln beginnen wild zu zucken.

„Aber natürlich!", antwortet Julia dreist für mich und wandelt meine verunsicherte Bemerkung in eine Zustimmung um.

Ich kräusle meine Stirnfalten und bin noch dabei, die neue Situation zu erfassen, als Finn sich von Julias Zunicken aufgefordert fühlt, die Initiative zu ergreifen. Somit begibt er sich prompt hinter mich, um sich mit mir samt Rolli aus dem Staub zu machen.

„Ich bring sie euch gleich wieder, keine Angst", beruhigt er meine Freunde, als sie ihn mit grimmigen Gesichtern abstrafen. Einzig Julia grinst wie ein Honigkuchenpferd und scheint Gefallen daran zu finden, wie ihre beste Freundin vom vermeintlichen Schul-Playboy verschleppt wird. Das kann sie doch nicht zulassen! Casanova hin oder her. Hat er etwa ein Schild auf der Stirn zu kleben, auf dem geschrieben steht, er wäre harmlos? Nein! Deshalb hat sie kein Recht, meine Entführung anzustiften. Sie zeigt mir noch einen nach oben gestreckten Daumen, bevor sie aus meinem Sichtfeld verschwindet, weil Finn mich bereits Richtung Ausgang schiebt. Wie hat sie *das* denn nun gemeint?

Etwa:

Hey super, wäre ja auch schön dumm, ihn vergessen zu wollen!

Oder:

Hey super, gib es auf, ihn zu vergessen – er ist so hot!

Oder vielleicht:

Hey super, vergiss, was du vergessen wolltest – es läuft!

Als wir den Ausgang passieren, sieht uns Olaf, der Türsteher, fragend hinterher. Immerhin hat er uns noch nie zusammen reinkommen sehen. Und da Finn mit den unterschiedlichsten Schönheiten den Tanzclub verlässt und ich in der Regel mit meinen altbekannten Freunden aufbreche, deren männliche Vertreter kaum nennenswertes „Sahneschnitten-Potenzial" aufweisen, wird Olaf als guter Beobachter (ist ja schließlich sein Job) zwangsläufig von dieser neuen Konstellation irritiert sein. Wäre ich auch, müsste ich nicht ich sein, sondern er.

In einer ruhigen Nebenstraße, an einem Stopp-Schild macht Finn Halt. Wie passend. Ich warte darauf, dass er sich vor mich stellt, um mit mir von Angesicht zu Angesicht zu reden. Aber er zieht es vor, sich hinter mir zu verstecken, als er zu reden beginnt.

„Hör zu, Mina, wenn du vorhast, mich mit diesem Schnösel eifersüchtig zu machen, dann vergiss es! So ein Kinderkram funktioniert bei mir nicht", behauptet er zu meiner Verwunderung. Denn eigentlich habe ich gerade das Gefühl, das würde sogar prima funktionieren, wenn ich es denn vorgehabt hätte.

Ich wende meinen Rolli herum, sodass er gezwungen ist, mich anzublicken. Er sieht aus wie ein Häufchen Elend, das sich in einem Sumpfgebiet verlaufen hat und nun auf der Suche nach festem Grund ist.

„Meine Güte, Finn, glaubst du ernsthaft, ich würde mich nur mit jemandem treffen wollen, um dir eins auszuwischen? Traust du mir so ein gemeines Vorgehen wirklich zu?"

Vorwurfsvoll sehe ich ihn an, doch er schaut bloß auf den Boden und lässt seine Hände in den Hosentaschen verschwinden.

„Wie gesagt", spricht Finn scheinbar mit den Platten des Gehwegs, „damit erreichst du bei mir gar nichts."

„Das habe ich auch nicht vor, bild' dir das mal nicht ein. Paul hat mich angesprochen und nach einem Date gefragt und ich habe Ja gesagt. Das hatte nichts mit dir zu tun."

„Paul heißt diese Flachpfeife also", murmelt er mit finsterer Miene und kickt mit der Fußspitze ein Steinchen zur Straße über das Kopfsteinpflaster.

„Ja, Finn, die Flachpfeife heißt Paul. Und da du ja angeblich nicht eifersüchtig bist, kann dir das doch egal sein. Was stört dich also daran, wenn ich mich mit ihm treffen möchte?"

„Verflixt und zugenäht!", stößt er heraus und schlägt seine Hände über dem Kopf zusammen. „Hier geht's doch nicht um mich, sondern um dich! Ich will einfach nicht, dass du von einem Süßholzraspler ausgenutzt wirst."

„Oh, vielen Dank für deine Fürsorge", entgegne ich mit einem Hauch Ironie in der Stimme. „Aber ich finde, du übertreibst ein wenig. Ich will mich ihm ja nicht gleich an den Hals werfen. Außerdem bin ich der Meinung, das geht dich alles nichts an."

Nervöser werdend beginnt Finn, seine Hände zu kneten, als stünde ihm eine wichtige Prüfung bevor.

„Denkst du etwa, mich auf diese Weise zurückzugewinnen?", ernüchtert er mich mit seiner überheblich klingenden Frage, die jedoch so gar nicht zu seinem verunsicherten Auftreten passt. „Erst gefährdest du deine Zukunft, indem du meine Schuld zu deiner erklärst und begründest dein Vorgehen mit einer ‚sozialen Ader', die du – na klar, wie soll's auch anders sein? – angeblich schon immer in dir trägst …"

„So ist es ja auch!", unterbreche ich ihn protestierend.

„Und heute", fährt er einfach fort, als hätte er mich nicht gehört, „kommst du mir mit diesem Paul, mit dem du offensichtlich ein vorgetäuschtes Date hast, um meine Aufmerksamkeit zu erlangen. Mein Gott, Mina, verstehst du es denn nicht? Ich gehe dir zu deinem eigenen Schutz aus dem Weg."

Ich lache und fasse mir gleichzeitig an die Stirn. Seine Worte klingen wie ein schlechter Witz in meinen Ohren.

„Tut mir leid, Finn, dir das sagen zu müssen, aber du liegst völlig daneben mit deiner Einschätzung. Doch mir fehlt zurzeit auch die Lust, mich dir gegenüber erneut zu erklären.

Du glaubst mir also nicht, dass ich aus reiner Nächstenliebe bereit war, dir zu helfen. Na schön. Ist mir egal. Und du vermutest, mein Date mit Paul wäre fingiert, um dich eifersüchtig zu machen. Okay, denk doch, was du willst. Aber tu mir bitte einen Gefallen, Finn, mische dich nicht noch mal in mein Leben ein, denn offenbar interpretierst du ohnehin alles falsch, was ich tue oder sage. Weniger als *du* kann ein Mensch gar nicht zu mir passen. Deshalb behaupte bitte auch vor niemandem mehr, ich sei deine Freundin. Denn ein Freund ist jemand, den man gut kennt und dessen Gedanken man teilt. Das trifft ja wohl auf uns nicht zu."

Finn sieht mich erschrocken an, als hätte ich ihn soeben darüber informiert, dass die Welt in ein paar Tagen unterzugehen droht, weil der Mond auf die Erde krachen wird. Dabei habe ich nur meinem Ärger über ihn Luft gemacht und die Fronten zwischen uns endgültig geklärt. Er will es schließlich so! Also ist es doch nur folgerichtig, dass wir einen klaren Schlussstrich ziehen. Wenn er nicht mit mir zusammen sein möchte, dann geht es ihn nicht das Geringste an, wie ich mein Leben gestalte und mit wem ich mich verabrede.

„Du stößt mich also weg?", fragt er mit weit aufgerissenen dunkelbraunen Augen und verblüfft mich mit der Formulierung seiner Frage.

„Nein, Finn, du hast *mich* weggestoßen und ich erinnere dich nur daran, dich an deine eigenen Vorsätze zu halten. Denn auf ein Hin und Her habe ich keine Lust. Und jetzt bitte ich dich, mir aus dem Weg zu gehen. Ich möchte nämlich gern wieder zurück."

Finn bewegt sich nicht von der Stelle und wirkt wie versteinert – als hätte er soeben in Medusas Antlitz geblickt. Ich überprüfe meinen Kopf. Falls mir bereits Schlangen aus meinem Haupt ragen, sollte ich es besser wissen. Zum Glück ertaste ich bloß meine gewohnten roten Schillerlocken.

„Sorry, Mina, ich hätte dir genauer erklären sollen, warum ich mich gegen uns entschieden habe. Nun wird mir klar, dass das ein Fehler war und wie sehr ich uns beide damit verletzt habe."

„Ich finde, du dramatisierst das Ganze zu sehr", entgegne ich verständnislos. „Zwischen uns war doch im Grunde nichts. Einen Tag haben wir miteinander verbracht. Das war's! Und ja, er war sehr schön. Trotzdem war es nur ein einziger, unbedeutender Tag", rutscht es mir heraus, obwohl dies alles andere als der Wahrheit entspricht und meine

Gefühle über unsere gemeinsam verbrachte Zeit nicht im Geringsten widerspiegelt.

Mir fällt auf, wie er in sich zusammensackt und seine Schultern nach vorne fallen.

„So siehst du das also", wirkt er unerwartet geknickt. „Du denkst, es war nur ein unbedeutender Tag?"

Ich senke meinen Blick und bereue es, solche unsensiblen Worte benutzt zu haben. Ich wollte ihn nicht kränken, sondern lediglich deutlich machen, dass er sich von meiner Verabredung mit Paul nicht provoziert fühlen muss, da es für mich keinen Grund gibt, ihn eifersüchtig machen zu wollen.

„Nein, so wollte ich es nicht ausdrücken, entschuldige", rudere ich zurück.

„Und du meinst, wenn du dich anders ausdrückst, läuft es nicht aufs Gleiche hinaus?", ist er von meiner Entschuldigung nicht überzeugt. „Offenbar bedeutet dir dieser Tag nicht so viel wie mir", gelingt es ihm erneut, mich zu überraschen. Ich sehe durch zusammengekniffene Augen in sein Gesicht und versuche, die Lüge aus seiner Mimik herauszulesen. Doch stattdessen erkenne ich pure Aufrichtigkeit gepaart mit einer Spur Verlustangst.

„Ich bin verwirrt, Finn", gebe ich zu, nichts zu verstehen und dass mir seine Worte, aber auch sein Handeln unlogisch erscheinen.

„Ich weiß", erwidert er mit sanfter Stimme und beugt sich zu mir runter, um mir über die Wange zu streichen. „Glaub mir, Mina, ich will dich so sehr. Aber ich bin der Falsche für dich."

Ich greife zu seiner Hand und schüttle sie ab.

„Die Entscheidung, was richtig und was falsch für mich ist, hättest du auch mir überlassen können", mache ich klar, wie sehr ich mich über seine Bemerkung ärgere. „Aber vielleicht liegt es ja auch daran, dass ich im Rollstuhl sitze."

„Verflucht, nein!", kommt seine prompte Gegenreaktion. „So ist es nicht!"

„Aber was soll ich denn denken, Finn? Alles, was du zu mir sagst, kommt mir so irrational vor. Du scheinst ja selbst nicht zu wissen, was du willst. Zuerst machst du mir beinahe überschwänglich den Hof, dann machst du nach meinem spontanen Fehlentschluss, dir helfen zu wollen, sofort einen Rückzieher und heute glorifizierst du unseren einzigen gemeinsamen Tag. Hinzukommt, dass du dich

wegen meiner Verabredung mit Paul übermäßig aufspielst. Sorry, Finn, aber das ist mir
zu hoch."

„Puh …", gibt er sichtlich überfordert von
sich und stößt einen Schwall verbrauchter
Luft aus. Eine Weile sieht er stumm an mir
vorbei die dunkle Straße hinab und scheint
mit seinen Gedanken weit abzudriften. Da ich
keine Uhr ums Handgelenk trage, kann ich
nicht sagen, wie lange es still zwischen uns
ist, bis er sich endlich entscheidet, wieder zu
sprechen.

„Gerade bekomme ich das Gefühl, erneut
alles falsch gemacht zu haben", gibt er scheinbar geläutert von sich. „Aber diese Kopfwä-
sche war wohl nötig."

Er reibt sich nachdenklich den Nacken, als
gäbe es an dieser Stelle ein paar Bügelfalten
auszumerzen.

„Ja, scheint so", erwidere ich betrübt und
beabsichtige   aufzubrechen,   um   meine
Freunde nicht länger warten zu lassen. Ich
brauche dringend noch einen Cocktail. Diese
Aussprache mit Finn hat meine Betriebstem-
peratur dramatisch absinken und meine bis
eben noch durchaus gute Laune in ungeahnte
Untiefen abstürzen lassen.

„Was machen wir jetzt?", fragt er ausgerechnet mich. Das sollte er sich selbst fragen

und sich darüber klar werden, was er eigentlich will.

„Keine Ahnung, was *du* jetzt machst, Finn", antworte ich deshalb auch ansatzweise genervt. „Ich allerdings werde nun zu meinen Freunden zurückkehren und den Abend wie geplant fortsetzen."

„Dann hast du also weiterhin vor, dich mit diesem Paul zu treffen?", will er aufgewühlt wissen und wechselt von einem Bein aufs andere, als würde er auf glühender Kohle stehen.

„Selbstverständlich", antworte ich frostig und rolle um Finn herum, da er weiterhin meinen Weg blockiert.

„Tu das bitte nicht", höre ich ihn hinter mir flehen. „Du wirst es garantiert bereuen."

Wütend drehe ich mich herum und würde ihn am liebsten anschreien. Doch mir gelingt es, meine Fassung zu wahren trotz seiner überheblich klingenden Bemerkung.

„Etwa so, wie ich es bereue, mich auf *dich* eingelassen zu haben?", frage ich ihn provokant und wende ihm kurz darauf mit meinem Rolli wieder den Rücken zu, um meinen Weg Richtung des „Aquarells" fortzusetzen.

Offenbar habe ich Finn zum Nachdenken gebracht, denn als ich mich noch einmal nach ihm umdrehe, sehe ich, dass er stumm auf der

Stelle steht wie ein verwelktes Blümchen, welches tagelang ohne Wasser auskommen musste.

Ich wende meinen Kopf wieder nach vorne und setze meinen Weg ungerührt fort. Ich habe nicht vor, mir noch länger Gedanken über Finn zu machen.

11

Als ich am nächsten Morgen mit kleinen Augen wach werde, habe ich nicht das Gefühl, ausgeschlafen zu sein. Abgesehen davon, dass es gestern ziemlich spät wurde, konnte ich aufgrund meiner vielen Grübeleien ohnehin kaum Ruhe finden. Der übermäßige Alkohol in meinem Blut tat sein Übriges, schließlich ist es mein Körper nicht gewohnt, sich mit solch einer übertriebenen Zufuhr auseinanderzusetzen.

Aber was soll ich machen, wenn mir ein Cocktail nach dem anderen ausgegeben wird? Erst waren meine Freunde ganz scharf darauf, alles über mein Gespräch mit Finn zu erfahren. Und als ich mich anfänglich in Schweigen hüllte (denn immerhin ging sie das ja gar nichts an) versüßten sie mir meine Kooperation mit köstlich schmeckenden Cocktailkreationen, deren Alkoholgehalt im Saftgemisch kaum mehr wahrnehmbar war. Somit gelang es ihnen, mich redselig zu machen und mich auszuquetschen wie eine unschuldige Zitrone.

Und zu allem Übel habe ich mich während meines Dates mit Paul von ihm zu weiteren

Longdrinks im „Café Eisenfuß" direkt gegenüber des „Aquarells" verführen lassen.

Gott, ich kann mich kaum mehr daran erinnern, worüber wir so sprachen, wenn ich mal gerade nicht mit Kichern beschäftigt war.

Ich drücke mein müdes Gesicht ins Kissen und stöhne auf. Herrje, ich habe mich bestimmt bis auf die Knochen blamiert und Paul fragt sich heute garantiert, wie er auf diese hirnlose Idee kam, ausgerechnet mit mir ausgehen zu wollen: eine im Rollstuhl sitzende, alberne und womöglich auch noch rumlallende Schnapsdrossel.

Hilfe, was für einen Eindruck muss ich hinterlassen haben? Wenn ich mich bloß an irgendwelche Einzelheiten erinnern könnte. Doch die scheinen sich durch den übermäßigen Spritverzehr zu einer breiigen Masse aufgelöst und meine Festplatte gelöscht zu haben.

Zum Glück ist heute erst Samstag, somit bleibt mir genügend Zeit, mein seit gestern frisch aufgepopptes Drogenproblem wieder zu begraben und mich zur Vollblutabstinenzlerin zu erklären. Während ich eine kalte Dusche nehme, um meine Hirnzellen zu ordnen, werde ich den Rest des Tages meine Energien dafür verwenden, meine Erinnerungslücken zu füllen.

Es klopft an meine Zimmertür.

„Mina, Mäuschen, bist du schon wach?", fragt meine Mutter durch die geschlossene Tür. „Dein Vater will gleich los, um dich zum Jugendtreff zu fahren. Du hast in einer Stunde Dienst."

Ach ja! Mir fällt es wie Schuppen von den Augen. Das hatte ich ganz vergessen.

Gute sechzig Minuten später sitze ich tatsächlich mit meinem Vater im Auto und staune, wie schnell es mir trotz meines Handicaps, meines spritverseuchten Blutes und meines Katers, der meinen Kopf zerplatzen lässt, gelungen ist, abmarschbereit zu sein. Als gäbe es nichts, was mich stoppen und daran hindern könnte, ein fröhlicher, aktiver und ausgeschlafener Mensch zu sein. Dabei ist es in Wahrheit doch so, dass ich bedrückt, lustlos und todmüde bin, was meinem Vater wohl nicht entgangen ist, weshalb er sorgenvoll zu mir herüberblickt, als wir an einer roten Ampel zum Stehen kommen.

„Bist du wegen Finn so traurig?", fragt er, als hätte er Zugang zu meinen Gedanken, der mir selbst seit heute Morgen verwehrt ist.

„Nein", antworte ich, obwohl ich mir da gar nicht sicher bin und beobachte, wie mein Vater wieder anfährt.

„War er gestern auch im ‚Aquarell'?", übergeht er mit seiner nächsten Frage völlig, dass ich eben noch mit einem klaren Nein geantwortet habe.

Doch meinem Dad kann ich nichts vormachen. Er kennt mich besser als ich mich selbst. Diese Tatsache lässt mich plötzlich klarer sehen und mir bewusst werden, dass ich halt *doch* wegen Finn traurig bin.

Warum weiß mein Vater mehr als ich? Immerhin hatte ich gestern Abend noch ein tolles (glaube ich), vernebeltes Date mit Paul. Da sollte meine Traurigkeit wegen eines unschlüssigen Jungen, der Frauenherzen im Akkord bricht, schließlich wie weggeblasen sein. Aber nein, alles wie gehabt – trotz Paul, der (und so viel weiß ich noch) ein wahrer Gentleman war. Ich leide weiterhin an der nicht enden wollenden Finn-Krankheit.

„Ja, er war da", antworte ich meinem Vater endlich. „Und ja, du hast Recht, ich zermartere mir seinetwegen den Kopf." Niedergeschlagen schaue ich aus dem Seitenfenster und sehe durch die Menschen hindurch, an denen wir vorbeifahren. „Ich wünschte, ich wäre ihm nie begegnet."

Ich registriere, wie mein Vater bekümmert zu mir herüberschielt.

„Das tut mir sehr leid, Schneckchen. Vielleicht ist er einfach nicht der Richtige für dich", bemerkt er wundersamerweise, als hätte er sich mit Finn abgesprochen.

„Wie seltsam, Dad, dass du das sagst", staune ich über seine Worte und mustere sein Profil. „Finn sagte gestern beinahe das Gleiche zu mir, als er behauptete, er sei der Falsche für mich."

„Tatsächlich?", zeigt sich mein Vater verdutzt und wirkt sichtlich überfordert, mir Ratschläge in Liebesangelegenheiten geben zu müssen. „Das ist ja interessant."

Ich lache leise auf und amüsiere mich über die Unbeholfenheit meines Vaters.

„Nichts für ungut, Paps", erscheint es mir deshalb auch vernünftig, ihn von der Bürde eines Beraters zu befreien, „aber über solche Dinge rede ich doch besser mit einer Freundin. Auch wenn ich deine Bemühungen sehr schätze."

Mein Vater schmunzelt stumm und hält direkt vorm Jugendtreff in zweiter Spur an, um einzuparken. Als der Wagen auf dem Schwerbehindertenparkplatz zum Stehen kommt und mein Dad den Motor ausschaltet, wendet er seinen Oberkörper in meine Richtung und sieht mich liebevoll an.

„Wie erwachsen du geworden bist", bemerkt er mit einem wehmütigen Gesichtsausdruck. „Ich sehe dich noch als kleinen Hosenmatz vor mir – wie ich dich in den Armen halte und in den Schlaf wiege. Wie konnte die Zeit bloß so schnell verfliegen?" Er streicht mir über die Locken an meinem Hinterkopf und legt seine Hand auf meiner Schulter ab. „Tu mir einen Gefallen und bleibe noch ein bisschen länger mein kleines Mädchen. Meinst du, das wäre möglich?"

„Na ja, Dad", erwidere ich grinsend und lege meine Hand auf seine, „zumindest kann ich dir versprechen, dass ich nicht gleich morgen ausziehen werde. Beruhigt dich das etwas? Denn die Zeit kann ich leider nicht für dich anhalten."

Mein Vater lacht laut auf und zieht den Schlüssel aus dem Zündschloss.

„Das hört sich doch gut an", entgegnet er heiter gestimmt und steigt aus dem Wagen.

12

Bereits seit einer Stunde sitze ich mit Adrian im Jugendtreff zusammen und helfe ihm bei seinen Mathe-Hausaufgaben. Von allen Kindern, die hier regelmäßig erscheinen, ist er mein kleines Sorgenkind, dem ich meine ganz besondere Aufmerksamkeit schenke. Abgesehen davon, dass seine schulischen Leistungen in den letzten Monaten trotz unserer vielen Übungen weiter abnehmen, wirkt er auf mich zunehmend verschlossener, obwohl mir unser Verhältnis bis dahin recht vertrauensvoll vorkam.

Ich möchte gerne erfahren, warum ihm in der letzten Zeit häufiger die Tränen laufen, und erlaube mir, mal genauer nachzufragen. Aber kaum habe ich das Thema angesprochen, wirft er seinen Bleistift in hohem Bogen davon und beabsichtigt aufzustehen.

„Lass mich doch in Ruhe!", antwortet er aufgewühlt und schiebt das Matheheft weit von sich, als er vom Stuhl springt.

Sein plötzlicher Stimmungswandel erschreckt mich. Damit habe ich nicht gerechnet.

„Warte", sage ich und halte ihn am Arm fest. „Ich möchte dir nur helfen."

„Das kannst du nicht!", schreit er mir mitten ins Gesicht. „Niemand kann das!"

„Adrian?", höre ich eine bekannte Stimme hinter mir fragen.

Ich drehe mich mit meinem Rolli herum und kann nicht fassen, wer mich mit kugelrunden, weit aufgerissenen braunen Augen anstarrt.

„Mina!", entfährt es ihm, als er mich erkennt.

„Finn?", vermute ich mal, nicht minder überrascht zu klingen als er. „Wieso bist du hier?"

„Das Gleiche könnte ich dich auch fragen", antwortet er und lässt mich weiterhin im Dunkeln.

„Na, ich arbeite hier", kläre ich ihn darüber auf, mich durchaus berechtigt hier aufzuhalten.

„Du. Hier", ist es ihm offenbar noch nicht restlos gelungen, die Lage zu begreifen.

„Ja, ich und ja, hier", entgegne ich flapsig. „Bereits seit drei Jahren."

„Ach", scheint seine Verwirrung komplett. „Das wusste ich ja gar nicht."

„Woher auch, Finn", gebe ich zurück und registriere, wie Adrian seine Arme um mich schlingt. „Wir kennen uns schließlich gefühlt erst seit fünf Minuten."

„Warum arbeitest du gerade hier?", ist die Fragestunde wohl noch nicht beendet. „Ich meine, in einem sozialen Brennpunkt?"

„Nun", erwidere ich und überlege ein wenig herum. „Das muss wahrscheinlich an meiner ‚sozialen Ader' liegen, deren Existenz du mir so hartnäckig absprichst."

Adrian schmiegt sich fester an mich und nimmt mich fast in den Würgegriff.

„Ich will noch nicht nach Hause!", geht er auf einmal lautstark dazwischen und drückt sich ein paar Tränen raus.

„Es geht nicht anders", zeigt sich Finn dem Jungen gegenüber wenig entgegenkommend und unterlässt es, meine Bemerkung zu kommentieren. Sicherlich muss er erst einmal verdauen, dass er mich falsch eingeschätzt hat.

„Weshalb holst *du* Adrian ab?", frage ich und bin nach wie vor irritiert, Finn hier zu begegnen. „Sonst rede ich immer mit seiner Mutter."

„*Unsere* Mutter", betont Finn den Sachverhalt, sich mit Adrian dieselbe Mutter zu teilen, „hat mich heute geschickt, weil sie keine Zeit hat."

„Ihr seid also Brüder?", bin ich perplex über diesen ungeheuren Zufall.

„Das liegt dann wohl nahe", gibt er zurück und lächelt milde über meine zugegebenerweise recht dämliche Frage.

„Das heißt also wahrscheinlich, dass es deiner Familie nicht ganz so gut geht", murmle ich zaghaft und beinahe furchtsam, mit dieser Bemerkung zu viel zu wagen. Letztlich geht mich seine wirtschaftliche Situation nichts an. Doch immerhin arbeite ich hier für Kinder in Not und sein Bruder Adrian ist mein Schützling.

„Tja", erwidert er resigniert, „das heißt es dann offensichtlich."

Freudlos sieht Finn an mir vorbei zu seinem Bruder, der nach wie vor wie ein Klammeräffchen an mir hängt.

Ich lege meine Arme um Adrian und presse ihn fest an mich. Plötzlich wird mir bewusst, warum sich Finn von mir zurückgezogen hat, weshalb er glaubt, nicht gut genug für mich zu sein.

„So, Krümel, komm! Wir müssen los", fordert er seinen Bruder auf, mit ihm aufzubrechen.

„Nein!", entgegnet Adrian bockig. „Ich bleibe bei Mina!"

Er lehnt seinen Kopf an mich und lässt mich weiterhin nicht los.

Finn atmet tief durch und zieht sich einen Stuhl heran, um sich uns gegenüber zu setzen. Hilflos fährt er sich mit einer Hand über den Kopf und rubbelt ein wenig mit den Fingern in seinem kurzen dunklen Haar herum. Dabei scheint er angestrengt zu überlegen, wie er seinen Bruder dazu bewegen kann, mit ihm zu gehen.

„Was soll ich jetzt machen?", will er von mir wissen und klimpert mit den Schlüsseln in seiner Hand. „Hättest du deine Arme so um *mich* geschlungen wie um meinen Bruder, würde ich auch nicht weg wollen."

Er schmunzelt mich verunsichert an und wendet sich kurz darauf Adrian zu.

„Dann werde ich wohl später noch einmal kommen müssen, hm?", zeigt er sich nun seinem Bruder gegenüber nachgiebig.

„Jaaa …!", ruft Adrian begeistert aus und löst sich von mir, um sich zu den anderen Kindern zu gesellen.

„Du kannst *auch* bleiben", biete ich Finn an und hoffe, nicht aufdringlich zu klingen.

Er lässt seinen Blick durch mein Gesicht kreisen und denkt wahrscheinlich darüber nach, wie aufrichtig mein Angebot gemeint ist. Schließlich haben wir gestern Abend vorm

„Aquarell" noch gestritten und ich habe ihn danach links liegengelassen. Und nun biete ich ihm an, Zeit mit mir zu verbringen.

„Ich weiß nicht", zeigt er sich unschlüssig und lehnt sich etwas vor. Dabei stützt er sich bequem mit seinen Unterarmen auf den Knien ab und spielt geräuschvoll mit seinem Schlüsselbund. Dadurch sind wir uns so nahe, dass ich seinen warmen Atem in meinem Gesicht spüren kann. „Meinst du, dass du das wirklich willst, nachdem du mir gestern quasi den Laufpass gegeben und dich danach mit Paul amüsiert hast?"

„Willst *du* denn hierbleiben?", lasse ich mich lächelnd zu einer Gegenfrage hinreißen und erspare es mir, auf seine herausfordernden Bemerkungen einzugehen. Ich habe nicht vor, wieder mit ihm zu streiten.

„Verdammt ja, das will ich!", ruft er spontan eine Spur zu laut aus und lässt somit seinen Gefühlen freien Lauf. „Glaub mir, Mina, ich möchte nichts anderes, als meine Zeit mit dir zu verbringen."

„Und warum hältst du mich dann immer auf Distanz?", frage ich ihn freiheraus, obwohl sich bereits abzeichnet, welcher Grund sich hinter seinem bisher undurchsichtigen Verhalten verbirgt.

Finn senkt seinen Blick und kratzt sich nervös auf dem Kopf herum.

„Weil ich ein Hornochse bin und geglaubt habe, ich müsste dich vor mir schützen."

„Und jetzt glaubst du das nicht mehr?", frage ich skeptisch und lege meinen Zeigefinger unter sein Kinn, um seinen Kopf etwas anzuheben. Sofort greift er nach meiner Hand und beginnt, sie mit seinem Daumen zu streicheln. Reumütig sieht er mich dabei an.

„Ich fange gerade an, alles in einem neuen Licht zu sehen, und erkenne erst jetzt, wie falsch es war, mich mit meinen Problemen zu isolieren – mich dir nicht einfach anzuvertrauen." Finn legt seine Finger fest um meine und lächelt mich verschämt an – schuldbewusst und voller Selbstzweifel. „Also ja, Mina, nun glaube ich das nicht mehr", fährt er mit zunehmender Selbstsicherheit fort. „Offenbar lassen meine Menschenkenntnisse zu wünschen übrig und ich habe in dir fälschlicherweise einen schwachen Charakter vermutet. Doch bereits seit gestern Abend begann ich, daran zu zweifeln, dich jemals richtig eingeschätzt zu haben. Du hast mir vorm ‚Aquarell' den Kopf geradegerückt und mir deutlich gemacht, was für eine starke Persönlichkeit in dir steckt. Auch wenn ich dies

längst ahnte, war mein Blick plötzlich verne-
belt gewesen, als du dich zur Verantwortli-
chen meines Unfalls erklärt hattest. Ich
dachte, du wüsstest nicht, was du da tust.
Nun wird mir klar, wie falsch ich damit lag.
Denn *ich* bin anscheinend derjenige, der nicht
weiß, was er tut. Ich habe einen Fehler nach
dem anderen gemacht."

Finn holt tief Luft und sieht frustriert
aus – befürchtet wahrscheinlich, die Chance
auf eine Freundschaft mit mir verspielt zu haben.

„Ich weiß, es geht mich nichts an", hat er
seinen Monolog offensichtlich noch nicht beendet, „aber ich muss es einfach wissen. Ist
zwischen dir und Paul was gelaufen?"

Mit hochgezogener Augenbraue sehe ich
ihn schweigend an. Eben war ich noch dabei,
ihm aufmerksam zuzuhören und mich über
seine Selbsterkenntnis überrascht zu zeigen.
Jetzt bin ich dabei, das Gesagte zu verarbeiten, seine neue Sicht auf die Dinge – ja, gar auf
mich – zu verstehen. Und auf einmal werde
ich aufgefordert, etwas zu sagen.

Ich schüttle mein Haupt, als hätte mir
soeben jemand einen Eimer Sand über den
Kopf gekippt, und überlege. Immerhin weiß
ich nicht mehr genau, ob zwischen Paul und
mir was lief.

„Verdammt, Mina, der Gedanke daran macht mich fertig. Bitte sag mir die Wahrheit! Willst du ihn?"

13

Angestrengt suche ich immer noch nach einer Antwort für Finn, durchforste meine Erinnerungen und hoffe, auf etwas zu stoßen, das mir die Gewissheit schenkt, keine Grenzen mit Paul überschritten zu haben. Doch die Nebelwand in meinem Kopf ist undurchdringlich. Ich kann mich einfach nicht erinnern. Aus diesem Grund entscheide ich, weiterhin zu schweigen. Auf keinen Fall möchte ich Finn belügen.

„Verfluchter Mist!", stößt Finn auf einmal aus und ist zweifelsohne dabei, mein Schweigen fehlzudeuten. „Ich hab's verbockt. Ich Esel hab dich in die Arme eines anderen Kerls getrieben."

Finn gibt meine Hand frei, die er bis eben noch wie einen kostbaren Edelstein umfasst hielt. Aufstöhnend reibt er sich mit beiden Händen die Augen, als könnte ihn diese Maßnahme zu einer klaren Sicht verhelfen.

Jetzt müsste ich vielleicht etwas sagen – die Lage mit besänftigenden Worten entschärfen. Aber ich bin fasziniert von seiner Reaktion – welche Gefühlsexplosionen in ihm ausgelöst werden, weil er befürchten muss, mich für einen anderen Mann aufgeben zu müssen.

Ich bin baff, dass ausgerechnet ich Gefühlsverwirrungen in einem Jungen auslösen kann. Schließlich sehe ich aufgrund meiner Gehbehinderung nicht gerade einen Männertraum in mir. Hinzukommt, dass ich (wie wohl die meisten Frauen) übermäßig selbstkritisch bin und mit meinem Äußeren viel zu oft hadere. Nicht zuletzt wegen meiner feuerroten Haare aufgrund derer ich früher zu einem beliebten Mobbingopfer wurde.

„Aber ich bin doch niemand Besonderes", rutscht es mir deshalb auch raus und weil ich das plötzliche Interesse des männlichen Geschlechts an mir nicht verstehe. „Was siehst du nur in mir?"

Finn lenkt seinen Blick wieder zu mir und sieht mich irritiert mit offenem Mund an – als hätte ich ihn danach gefragt, warum die Sonne jeden Morgen aufs Neue aufgeht.

Er greift erneut nach meiner Hand und wickelt seine Finger fest um sie herum.

„Stellst du mir diese Frage wirklich?", will er stirnrunzelnd wissen. „Wie viel Zeit haben wir, Mina?", fügt er fragend an und schenkt mir ein strahlendes Lächeln. „Denn für die Antwort könnte ich womöglich ein paar Stunden benötigen."

„So viel?", erkundige ich mich ungläubig und gleichzeitig geschmeichelt von seinen Worten, deren Übertriebenheit mir durchaus gefällt.

„Ja, so viel", entgegnet er erwartungsgemäß und unterstreicht seine Aussage mit einem warmherzigen Schmunzeln.

„Zum Beispiel?", lasse ich nicht locker. Denn seine Antwort, *viel in mir zu sehen*, könnte ja auch eine hohle Phrase sein, um mich damit lapidar abzuspeisen.

„Zum Beispiel sehe ich in dir ein wunderschönes, kluges und ehrliches Mädchen", zögert er keinen Moment, mir das zu sagen, was jede Frau gerne hört.

„... die im Rollstuhl sitzt und mit ihrem roten Haar auch im Dunkeln leuchtet", ergänze ich seinen Satz wenig selbstbewusst, wenngleich ich dabei überspielend lächle.

„Ja ... und ja. – Und?", gibt er schulterzuckend zurück. „Dein Rollstuhl ist nun mal ein Teil von dir. Deswegen bist du immer noch du, oder? Und deine roten langen Locken fand ich schon immer scharf."

„Schon immer?", verwundert mich die Wahl seiner Worte.

Finn lacht verschämt mit dem Kopf Richtung Boden. Kurz darauf richtet er seinen Blick zu meiner Hand, die er nach wie vor mit seinen Fingern umwickelt hält. Es scheint ihm unangenehm zu sein, darauf antworten zu müssen – als würde er sich ertappt fühlen.

„Tja", bemerkt er kurz und knapp, um gleich danach peinlich berührt zu schweigen.

Er spielt mit den Ringen an meinen Fingern und vermeidet jeglichen Augenkontakt. Kann es sein, dass er mich schon länger im Visier hat?

Das möchte ich genauer wissen und dränge ihn zu einer Antwort.

„Hey", sage ich auffordernd und ziehe an seiner Hand, die wie ein Harztropfen an meiner klebt.

„Also schön", bemerkt er endlich und ist bemüht, sich aus seiner plötzlichen Verspannung zu lösen. „Jetzt ist es wohl raus. Ich hab dich nicht erst seit ein paar Wochen auf dem Schirm, wie du dir nun sicher denken kannst."

„Wie lange dann?", frisst mich meine Neugier förmlich auf.

„Gott, Mina, muss ich das wirklich beantworten?", zeigt er sich gequält von meinem Nachbohren.

Unvermittelt platzt Adrian in unsere Unterhaltung mit lautstarkem Gebrüll, sodass Finn mir seine Antwort schuldig bleiben muss. Augenfällig hat sich der Kleine beim

Spielen am Finger verletzt, denn die blutende Wunde ist nicht zu übersehen.

Zielsicher steuert er direkt auf mich zu, obwohl ihm sein großer Bruder die Arme entgegenstreckt.

„Aua …!", schluchzt Adrian und lehnt sich an meine Schulter.

Ich umarme ihn und rede beruhigend auf ihn ein, dabei werfe ich einen prüfenden Blick auf den lädierten Finger. Es scheint keine tiefe Wunde zu sein, deshalb kann sie mit einem kleinen Pflaster schnell verarztet werden.

„Das wird schon wieder, mein tapferer Tiger. Alles halb so wild."

Aus meiner Hosentasche ziehe ich ein frisches Taschentuch hervor und drücke es auf die blutende Stelle.

„Siehst du, mein Schatz, nun sieht es überhaupt nicht mehr schlimm aus", tröste ich Adrian, dessen Tränen langsam versiegen. „Jetzt holen wir uns zusammen ein Pflaster aus dem Schrank und dann kannst du es den anderen Kindern zeigen."

„Au jaaa …!", ruft er aus und sein Strahlen kehrt zurück.

14

„Wow, so wie es aussieht, hast du hier alles im Griff", zollt mir Finn seine Anerkennung, nachdem ich zurückgekehrt bin und meinen Rollstuhl ihm gegenüber wie zuvor geparkt habe. „Mein Bruder braucht mich ja gar nicht mehr, wenn du in seiner Nähe bist."

„Ach i wo!", widerspreche ich peinlich berührt über sein Kompliment, das mir etwas überspitzt vorkommt. Immerhin bin ich bloß eine ehrenamtliche Aushilfskraft, die Adrian lediglich für ein paar Stunden in der Woche betreut, während Finn der große Bruder ist, der ihm wesentlich nähersteht. „Du übertreibst ein wenig."

„Oh nein, Mina, ich sage nur, wie es ist", hält Finn dagegen. „Ich habe mich oft gewundert, warum Adrian immer darauf bestand, gerade an den Samstagen hierhergebracht zu werden. Jetzt, wo ich dir hier begegnet bin, verstehe ich, was ihn herzieht. *Ich* würde mich auch bei dir geborgen fühlen."

Lächelnd greife ich nach seiner Hand, die sich so warm anfühlt, als hätte er sie soeben aus dem Ofen gezogen.

„Die Tür steht immer für dich offen, Finn. Hier sind Kinder jeden Alters willkommen."

„Warum habe ich gerade das Gefühl, von dir nicht ernst genommen zu werden?", entgegnet er belustigt und stülpt beide Hände über meine.

„Oh, ich nehme dich ernst, sogar sehr", antworte ich mit einem ironischen Unterton und registriere durchaus, dass Finn inzwischen beinahe wie selbstverständlich zu meiner Hand greift – offenbar gerne meine Nähe sucht. „Deshalb biete ich dir ja auch an, deine Samstage mit mir im Jugendtreff zu verbringen."

„Und wenn ich nun auch alle anderen Wochentage mit dir verbringen möchte?", fragt er zaghaft mit einem unschuldigen Augenaufschlag. Dabei drückt er meine zusammengerollte Hand fast auf die Größe eines Hackbälllchens zusammen.

„Dann müsste ich erst einmal meinen Terminkalender studieren", erwidere ich amüsiert und bin ziemlich beeindruckt davon, so schnell wieder in den Mittelpunkt seines Interesses gerückt zu sein. Nach unserem Streit am gestrigen Abend habe ich damit sicher nicht gerechnet. „Ich bin nämlich ein schwer beschäftigter Mensch", ergänze ich meine zugegebenermaßen viel zu übertriebene Aussage. Denn in meinem Terminkalender finden sich gut und gerne noch ein paar Lücken. Aber ich will es Finn nicht so leicht machen. Letztlich soll er nicht glauben, ich hätte ihm all seine Fehler schon verziehen.

Plötzlich geht die Eingangstür auf und Christa betritt die Gruppenräume, die wir von der Stadt zur Verfügung gestellt bekommen und deren Miete aus Spenden finanziert wird.

„Hallo Mina!", ruft sie mir zu und strahlt wie die aufgehende Sonne, als sie mich mit Finn händchenhaltend erblickt. „Ich glaube, es wird Zeit, dass ich dich ablöse, sonst fallt ihr noch an Ort und Stelle übereinander her", bemerkt sie feixend und hüpft wie ein Gummiball an uns vorbei – sichtlich erfreut über meinen Flirt mit Finn. Kein Wunder, sie hat mich bisher noch nie mit einem Vertreter der männlichen Zunft zusammen gesehen. Ich kann ja selbst kaum fassen, welche verrückten Ereignisse mein Leben zurzeit dominieren. Aber bitte – so kann es gerne weitergehen. Immerhin bin ich im Vergleich zu meinen Freundinnen eine Spätzünderin und habe eine Menge in Sachen Jungs nachzuholen.

„Keine Angst", erwidert Finn, als auch ich eben vorhatte, etwas auf Christas Anspielung zu sagen, „wir wissen, was sich gehört."

Er zwinkert mir zu und wirkt in diesem Moment nicht wirklich wie ein Mann, der sich zu benehmen weiß. Eher schelmenhaft und ungezogen. Diese weniger ernste Seite an ihm, die zu spontanen Scherzen bereit ist, gefällt mir.

„Heißt das jetzt, dass du hier Schluss machen kannst und ich mir ein kleines Stück deiner Zeit rauben darf?", will Finn grinsend wissen und scheint sich diebisch darüber zu freuen, dass meine Kollegin Christa im Hintergrund neckende Bemerkungen von sich gibt.

„Oh ja", kann sie es nicht lassen weiterzusticheln, „die liebe Mina hat jetzt Feierabend und der Tag ist noch nicht mal zur Hälfte rum. Da geht noch was!", fügt sie ihren letzten Satz überzogen laut an mit einem anrüchigen Unterton.

Finn bricht in schallendes Gelächter aus und findet sichtlich Gefallen an Christas Anzüglichkeiten.

„Ja, so ist sie, meine verrückte Kollegin Christa, die für jeden Blödsinn zu haben ist und nie ein Blatt vor den Mund nimmt", sage ich und mache somit deutlich, dass ihr heutiges kesses Gebaren alles andere als eine Ausnahme ist.

„Du hast hier coole Kollegen", ist Finn beeindruckt von Christas unkomplizierter Art.

„Na was glaubst *du* denn, Bursche?", ulkt sie weiter herum und beginnt, den großen Tisch aufzuräumen, während ein paar der Kinder sie entdeckt haben und zu ihr gelaufen kommen, um sie überschwänglich zu begrüßen. „Dass wir hier 'ne Trauergemeinde sind?"

„Offenbar nicht", entgegnet Finn und lächelt ununterbrochen, als wären seine Mundwinkel an den Ohrläppchen festgewachsen.

„Richtig erkannt, Junge", kann sie noch sagen, bevor die Meute sie davonzieht in Richtung der Tischtennisplatten, wo die älteren Jugendlichen gerade ein Match austragen. „Wenn du also richtig Spaß haben willst, kommst du einfach hierher!", ruft sie noch von Weitem, während sie von den Kids freudig umringt wird.

„Wenn ich früher schon gewusst hätte, was hier für eine Bombenstimmung herrscht, wäre ich eher bereit gewesen, meinen Bruder samstags abzuholen", zeigt sich Finn angetan von dem bunten Treiben.

„Ja, wenn Christa da ist, wird es immer ungemein lustig", sage ich mit warmer Stimme, da sie mir besonders am Herzen liegt. „Sie ist eine wahre Frohnatur und tut den Kids hier wirklich gut."

„Das glaube ich sofort", stimmt mir Finn zu, um mir gleich darauf sanft eine widerspenstige Locke aus dem Gesicht zu streifen. „Trotzdem würde ich deine Gesellschaft immer vorziehen."

„Tatsächlich?", frage ich gebauchpinselt und scheine ein paar Zentimeter zu wachsen.

„Ja, tatsächlich!", gibt Finn prompt zurück, während er weiterhin mit meiner Haarsträhne spielt. „Ich wäre jetzt gern an Adrians Stelle, um von dir eine kleine Umarmung zu erhaschen."

„Oh", erwidere ich leise und lächle verlegen. „Dafür ist es aber nicht nötig, an Adrians Stelle zu treten."

„Okay, was muss ich tun?", zeigt er sich bereit, ein Opfer zu bringen für die Erfüllung seines bescheidenen Wunsches.

„Na ja", sage ich nachdenkend und rede nicht gleich weiter, um die Antwort in die Länge zu ziehen. Seine erwartungsvolle Haltung und diesen neugierigen Blick könnte ich mir noch eine Weile ansehen. Er wirkt so unbeschwert, als gäbe es nur ihn und mich auf der Welt. „Du bräuchtest dafür ein paar große Kulleraugen und eine triefende Nase, denn ein bisschen Weinen hilft immer, um von mir getröstet zu werden."

Finns Lächeln versiegt und seine fröhliche Miene geht über in eine traurige.

Ich sorge mich, etwas Falsches gesagt zu haben, oder vielleicht genau das Richtige? Beide Möglichkeiten führen jedoch gegebenenfalls dazu, dass die gute Stimmung zwischen uns dahin ist. Und sofort bereue ich, überhaupt irgendetwas auf seine Bemerkung gesagt zu haben. Ich hätte einfach die Klappe halten sollen.

Gerade will ich ansetzen und mich entschuldigen, als Finn zu sprechen beginnt.

„Ich glaube, das mit den Kulleraugen bekomme ich hin", sagt er in einem leider viel zu betrübten Ton. „Und Tränen kannst du bei mir beinahe täglich trocknen. Ich denke also, das qualifiziert mich für eine Umarmung."

Betroffen von der Ernsthaftigkeit, die uns plötzlich umhüllt wie eine dicke, schwarze Wolke und seinen bedrückenden Worten, lege ich meine Hand auf sein Gesicht.

„Mein Gott, Finn, es tut mir leid, dass dich etwas so traurig macht", erwidere ich mitfühlend. „Kann ich dir irgendwie helfen?"

Meine Finger streichen über seine Wange, um kurz darauf über sein glänzendes dunkles Haar zu fahren. Es fühlt sich so wunderbar weich an, dass ich nicht aufhören kann, wiederholt darüberzugehen – langsam und zart, als würde ich über eine Angoradecke gleiten.

Mit einem fröhlichen Aufschrei springt Adrian auf einmal wie aus dem Nichts heran und sprengt unsere Unterhaltung in einem wirklich unpassenden Augenblick. Ich hatte das Gefühl, dass sich Finn soeben zu öffnen begann – er womöglich bereit war, den geheimnisumwobenen Nebel, der ihn umgibt, zu lüften. Wer weiß, ob es solch einen Moment der Tiefe noch einmal zwischen uns geben wird. Bisher zeigte sich Finn ja eher verschlossen, was sein Innenleben angeht – gab sich stets zugeknöpft, wenn es um seine Probleme ging.

„Kommt!", fordert Adrian uns auf, ihm zu folgen. „Ihr müsst mitspielen!"

Finn lehnt sich zurück, sodass ich gezwungen bin, meine Hand, die eben noch über seinen Kopf strich, zurückzuziehen. Er fährt sich mit grübelnder Mimik über Mund und Nase und macht den Anschein, eben aus dem Koma erwacht zu sein. Offenbar fragt er sich nun, was ihn dazu bewogen hat, sich mir gegenüber so verletzlich zu zeigen.

„Wir müssen jetzt gehen, Adrian. Pack deine Sachen zusammen!", enttäuscht er seinen Bruder mit dieser für ihn unerwarteten Aussage.

Unerwartet auch für mich, denn eigentlich ging ich davon aus, dass er nicht nur Adrian zuliebe hiergeblieben ist, sondern seine Zeit gerne mit *mir* verbringt. Jedenfalls hat er vorhin alles dafür getan, mich dies glauben zu lassen. Waren es wieder einmal bloß alles leere Worte, die er von sich gegeben hat – sein erneut aufkeimendes Interesse an mir lediglich ein kurzes Strohfeuer, das bereits wieder erloschen ist? Ich bemühe mich, meinen Frust runterzuschlucken und mir nichts anmerken zu lassen.

„Waaas? – Nein!", gibt Adrian aufgebracht zurück. „Du hast versprochen, dass wir länger bleiben! Das ist nicht fair!"

„Aber wir waren länger hier", verteidigt sich Finn und zeigt sich nicht bereit, seine Entscheidung erneut zu überdenken.

Niedergeschlagen schaue ich zu Boden und bin mir nicht mehr sicher, was da eben mit Finn und mir war. Das Streitgespräch zwischen den beiden höre ich nicht mehr, stattdessen übermannt mich die Enttäuschung, die mich wie ein gruseliges Monster heimsucht. Ich möchte so nicht fühlen – wünschte, ich könnte Finns Hin und Her lockerer nehmen. Doch mir fehlt die Coolness, die man benötigt, um eine Abfuhr einfach wegzustecken. Auch wenn er eine solche noch nicht ausgesprochen hat – ich weiß, dass ich sie gleich hören werde. Finns gesamte Körpersprache offenbart seine Gedanken:

Ich hätte sie nicht so nah an mich ranlassen dürfen. Mich derart unverblümt zu öffnen, war ein Fehler.

„Verflucht, Adrian!", gehen Finn offensichtlich die Nerven durch, als sein Bruder einfach keine Ruhe gibt. „Hör endlich auf zu quengeln!"

Weinend rettet sich Adrian in meine Arme. Doch mein Sende- und Empfangsmast ist zurzeit nur zur Hälfte ausgefahren.

„Ohne Mina gehe ich nicht", gibt der Kleine seinen Kampf nicht auf und überstrapaziert die Nerven seines Bruders.

Finn sieht mich verzweifelnd an und hofft wahrscheinlich, dass ich ihm zur Seite stehe. Aber ich denke nicht daran, mich hier einzumischen. Er kann schön alleine zusehen, wie er mit der Situation klarkommt. Immerhin hat er gerade zwei Personen auf einmal gekränkt und sein Versprechen gegenüber seines Bruders gebrochen. Diese Suppe muss er selbst auslöffeln.

„Mina kann nicht mitkommen", behauptet er schlichtweg, als würde er meinen Zeitplan für heute kennen. „Sie hat bestimmt gleich was vor."

Angespannt erhebt er sich von seinem Stuhl und versucht, seine Nervosität durch unruhiges Hin- und Herlaufen abzuschütteln.

„Eigentlich habe ich den Rest des Tages frei", widerspreche ich und fahre ihm mit meiner Äußerung in die Parade. Es ist nicht zu übersehen, wie sehr sich Finn von Adrian und nun auch von mir in die Ecke gedrängt fühlt. Aber mein Mitleid für Finn hält sich in Grenzen. Schon wieder ist er kurz davor, mich wegzustoßen, sich bedeckt zu halten und vom Acker zu machen. Obwohl ihn seine Sorgen augenscheinlich regelrecht zerfressen, schafft er es nicht, sich mir anzuvertrauen. Ich würde ihm gerne helfen, jedoch lässt er es nicht zu.

„Nein, Mina, das geht nicht", flüstert er mir seine Worte ängstlich entgegen. „Du kannst nicht mit uns kommen."

„Doch, doch, doch!", ruft Adrian aus, dessen Ohren alles mitbekommen haben. Er löst sich aus meinen Armen und springt wütend vor uns herum.

Finn schnappt sich seinen Bruder am Handgelenk und geht in die Hocke, um mit ihm auf Augenhöhe zu sein.

„Bitte sei vernünftig, Adrian. Du weißt doch, was bei uns zu Hause los ist", sagt er mit gedämpfter Stimme und hofft, ihn damit zu erreichen.

„Ich will aber, dass Mina mitkommt!", zeigt sich Adrian alles andere als vernünftig.

„Herrgott noch mal, Adrian, ich will auch so einiges!", fährt Finn seinem Bruder ungeduldig über den Mund. „Aber unsere verdammte Situation lässt es nun mal nicht zu, dass wir uns Wünsche erlauben können!"

„Warum denn nicht?", will Adrian wissen und macht somit deutlich, dass es Finn nicht gelungen ist, ihn zu überzeugen. „Nie darf ich Besuch mitbringen, immer müssen wir leise zu Hause sein und meinen Geburtstag haben wir auch nicht richtig gefeiert!"

Betroffen über Adrians buchstäblichen Hilferuf schaue ich Finn vorwurfsvoll an. Er erwidert meinen Blick beinahe furchtsam, geht wohl davon aus, ich könnte alles falsch verstehen. Dabei versuche ich noch, das Gesagte einzuordnen, und bin vom tatsächlichen Verstehen der Situation weit entfernt.

„Was hat das alles zu bedeuten?", frage ich Finn irritiert und habe das Gefühl, Adrian beschützen zu müssen.

„Bitte, Mina … nicht", gibt er leise zurück und sieht mich mahnend an.

„Mina soll mitkommen!", schreit Adrian plötzlich so laut, dass sämtliche Anwesenden zu uns rüberblicken. Auch Christa wird auf uns aufmerksam und kommt ein paar Schritte näher in unsere Richtung.

„Alles okay bei euch?", fragt sie mit sorgenvollem Blick.

Ich habe keine Ahnung, ob hier alles okay ist, deshalb reagiere ich nicht und bleibe einfach stumm.

Doch Finn springt sogleich für mich ein und hebt die Hand in die Höhe, so als wollte er einen Angriff abwehren.

„Ja, alles in Ordnung", lässt er Christa wissen und bemüht sich um ein Lächeln. „Mein Bruder ist nur ein wenig uneinsichtig."

„Dann komm ihm doch einfach entgegen", erwidert sie von Weitem, um sich kurz darauf erneut ihren Schützlingen zuzuwenden. „Das bewirkt bei Kindern manchmal Wunder", fügt sie noch an, bevor sie endgültig im Gewühl verschwunden ist. Lautes Gelächter dringt zu uns herüber und es ist nicht zu überhören, dass die Kids mit Christa eine Menge Spaß haben.

Nur auf unserer Seite des Raumes herrscht eine bedrückende Stimmung und Adrian hat inzwischen zu weinen begonnen.

„Herrje, das kann doch alles nicht wahr sein!", zeigt sich Finn zunehmend gestresst und stemmt seine Arme in die Hüften. Nachdenklich sieht er seinen Bruder an, bis er sich entscheidet, wieder auf dem Stuhl Platz zu nehmen, der mir gegenübersteht. Er greift nach dem Jungen und zieht ihn in seine Arme, um ihn zu trösten.

„Und wie stellst du dir das jetzt vor, Adrian?", fragt Finn seinen Bruder in gedämpftem Ton und streichelt über seinen Kopf. „Wir nehmen Mina mit zu uns nach Hause – und dann?"

Ich fühle mich unbehaglich, als Finn dem Kleinen diese Frage stellt. Ich bin mir unsicher, was ich machen soll, ob ich Adrian nicht einfach selbst von seinem Vorhaben abbringen sollte, mich als ungebetenen Gast mitschleppen zu wollen. Doch ich entscheide mich zu schweigen – den Jungs die Gelegenheit zu geben, diese Sache untereinander zu klären. Letztendlich geht mich das alles nichts an und ich kann auch nicht beurteilen, ob

Finns ablehnende Haltung gegenüber des Besuchsthemas nicht durchaus berechtigt ist.

Adrian wirkt durch die Frage seines großen Bruders überfordert. Er drückt Finn von sich weg und dreht sich zu mir herum. Tränen kullern seine Wangen hinab, doch seine Mimik bleibt starr.

„Ich weiß nicht", antwortet er zaghaft, weil ihm wohl klar ist, dass er seinen großen Bruder mit diesem Satz nicht überzeugen wird. Und nun hat er wahrscheinlich erkannt, dass er den Kampf verloren hat, denn seine Mundwinkel biegen sich nach unten und sein einsetzendes lautes Weinen zerreißt mir fast das Herz.

Jetzt ziehe *ich* ihn in meine Arme und drücke ihn fest an meine Brust. Meine Augen werden feucht und ich muss mich zusammenreißen, nicht die Kontrolle über meine Gefühle zu verlieren. Denn am liebsten würde ich mit Adrian im Duett weinen. Seine Trauer schlägt auf mich über und obwohl ich nicht weiß, worum es hier geht, schmerzt es mich, den Kleinen so unglücklich zu sehen.

„Ihr könntet mit zu *mir* kommen", schlage ich Finn deshalb auch vor, um irgendeine Lösung anzubieten, die diese hochgeschaukelte Lage entschärfen könnte.

Adrians bitterliches Weinen stoppt augenblicklich. Mit weit aufgerissenen Augen löst er sich von mir und wendet sich aufgeregt seinem Bruder zu.

Ich frage mich in diesem Moment, ob sich Finn eigentlich im Klaren darüber ist, wie wichtig seine folgende Entscheidung für den Jungen sein wird. Irgendetwas läuft im Leben der beiden gehörig schief und Finn könnte heute eine Tür für seinen Bruder öffnen – somit etwas Licht in seine Seele scheinen lassen. Und sei es nur für einen einzigen Tag.

„Nein", ist Finns Antwort auf meinen Vorschlag. Er reibt über seine Oberschenkel und sucht wohl nach erklärenden Worten. Aber was auch immer er für Argumente finden wird, um seine negative Entscheidung zu rechtfertigen, sie werden Adrian nicht überzeugen. Und mich ganz sicher auch nicht.

„Wenn Mina es möchte", fährt er fort und lässt Adrian und mich aufhorchen, „dann kommt sie mit zu uns."

15

Stumm sitzen wir drei zusammen im Auto und gehen unseren Gedanken nach. Sogar Adrian, der auf der Rückbank in einen Kindersitz geschnallt ist, schweigt beharrlich. Er hat den Kampf darum, mich als unverhofften Gast mitnehmen zu dürfen, gewonnen und doch scheint er sich nun ebenso unwohl zu fühlen wie sein Bruder. Dabei hatte ich vorhin im Jugendtreff aus weiser Vorsicht und Voraussicht Finns überraschendes Angebot, doch mitzukommen, lieber abgelehnt. Aber nun war es ausgerechnet er, der darauf bestand, dass ich ihn und seinen Bruder begleite. Finns plötzliche Kehrtwende traf mich völlig unvorbereitet. Denn ich ging ja davon aus, dass er auf Adrians Forderung niemals eingehen würde. Sämtliche Anzeichen sprachen gegen seine Zustimmung – und in mir wuchs die Befürchtung zu Recht.

Ich wünschte, Finn hätte mir irgendetwas erklärt. Zum Beispiel wie er so ad hoc zu seinem Meinungsumschwung kam oder weshalb er mein wohlüberlegtes Nein auf einmal nicht akzeptieren wollte, sondern regelrecht darauf bestand, sie beide zu ihrem Zuhause zu begleiten, das offenbar alles andere als perfekt sein kann.

Jedoch blieb er mir die Antworten schuldig, sodass das Geheimnis um ihn immer größer und meine Anspannung hier im Wagen fast zur Unerträglichkeit wird. Ich fürchte mich vor dem, was mich dort erwartet, und dass Finn es am Ende bereut, mich mitgenommen zu haben.

„Du kannst dich noch umentscheiden", biete ich deshalb auch an und hole ihn aus seinen Gedanken.

Wir stehen an einer roten Ampel, sodass er sich einen längeren Blick zu mir erlauben kann.

„Hast du das Gefühl, dass ich das jetzt noch will?", fragt er erstaunlich ausgeglichen und wirkt fest entschlossen.

„Ich wünschte, ich wüsste, was du willst", erwidere ich zögerlich und suche in seinem Gesicht nach Antworten.

„Ich kann dir versichern, dass ich mir über meine Entscheidung im Klaren bin", sagt er überzeugt, während sich seine Mundwinkel einen Hauch nach oben bewegen.

Die Ampel springt auf Grün um, was er anscheinend erkennen kann, obwohl er in meine Richtung schaut, denn er schaltet in den ersten Gang. Gleich darauf wendet er seine Aufmerksamkeit wieder der Straße zu und fährt los.

Seine jähe Selbstsicherheit in dieser Angelegenheit, zu der er auf einmal gefunden hat, erstaunt mich so sehr, dass mein Blick weiterhin auf ihm ruht. Es kommt mir vor, als wäre er direkt erleichtert, sich zu dieser Entscheidung durchgerungen zu haben. Er wirkt wie befreit von einer großen Last, die ihn zu erdrücken drohte.

„Ein Penny für deine Gedanken", unterbricht er meine Grübelei. Dass ich nicht aufhöre, ihn anzustarren, ist ihm natürlich bewusst. Daher ist es nicht verwunderlich, dass er sich fragt, was gerade in meinem Kopf vorgeht.

„Keine Chance", antworte ich mit einem leichten Grinsen auf den Lippen und erhöhe die Summe der Geheimnisse um einen weiteren Prozentpunkt.

„Oh, ich verstehe", gibt Finn mit einem nicht zu überhörenden Amüsement in der Stimme zurück. „Du hast vor, die Spannung zwischen uns zu steigern."

„Ich weiß gar nicht, ob das noch möglich ist", sage ich mit klopfendem Herzen, als ich die Hochhaussiedlung sehe, auf die wir nun zufahren und mir klar wird, dass wir gleich da sein werden. Obwohl er mir nie gesagt hat, wo er wohnt, spüre ich, richtig zu liegen. Denn Finn erwidert nichts mehr und verliert mit einem Mal seine kurzfristig aufgekeimte Lockerheit. Ich wende meinen Blick nach hinten auf die Rücksitzbank, um zu überprüfen, wie es Adrian geht, doch er sieht starr durchs Seitenfenster und scheint mich überhaupt nicht zu registrieren. Als ich meine Aufmerksamkeit wieder nach vorne richte und in Finns Profil den gleichen unglücklichen Ausdruck erkennen kann wie in dem seines kleinen Bruders, zweifle ich erneut daran, dass die Entscheidung, mich mitzunehmen, richtig war.

„Finn, ich glaube, ich möchte lieber nach Hause. Ihr sollt euch nicht von mir zu etwas gedrängt fühlen."

„Keine Angst, so ist es nicht", sagt Finn, während er den Wagen einparkt und kurz danach den Motor ausschaltet. Er wendet sich mir zu und schenkt mir ein vertrauensvolles Lächeln. „Weder Adrian noch ich bringen in der letzten Zeit Freunde mit nach Hause, denn es hat sich etwas in unserem Leben verändert."

Finn schaut kurz zu seinem Bruder, der jedoch stumm bleibt.

„Dass sich unsere Familie keine großen Sprünge mehr erlauben kann, kann ich dir ja nun nicht länger verheimlichen", fährt er mit einem beinahe amüsierten Ton fort. „Jetzt sollst du erfahren, warum."

Er öffnet die Fahrertür und will aussteigen, aber ich halte ihn am Handgelenk fest.

„Nein, warte bitte, Finn", sage ich und möchte ihn daran hindern, überstürzt zu handeln.

Er wendet sich mir noch einmal zu, doch er wirkt, als hätte er es nun eilig – müsste sein Vorhaben dringend umsetzen.

„Warum willst du, dass ich es weiß?", frage ich ihn interessiert. Denn mir wird soeben bewusst, dass er auf einmal bereit ist, mir sein Vertrauen zu schenken.

Seine schönen braunen Augen gewinnen an Glanz und sein Gesicht wirkt ungewohnt entspannt, während er mich verträumt ansieht. Kurz darauf springt er aus dem Fahrzeug, wirft die Tür lässig zu, um danach den Kofferraum zu öffnen. Er zieht meinen Rolli heraus und baut ihn, hinter dem Wagen stehend, auf.

War dieser Blick etwa die Antwort auf meine Frage? Ich bin schwer beeindruckt davon, wie es ihm gelungen ist, mit nicht einem einzigen Wort alles zu sagen. Mein Herz überschlägt sich fast vor Freude, da mir klar wird, dass seine Gefühle für mich doch tiefer sein müssen, als es für mich bisher sichtbar war.

Lächelnd nehme ich mein Handy aus meiner Handtasche und lese die WhatsApp meines Vaters. Ich hatte ihn vorhin mit einer Textnachricht darüber informiert, dass er mich nicht abzuholen bräuchte, weil ich mit Finn unterwegs sein würde. Und nun bringt mich seine Antwort zum Kichern:

Schnapp ihn dir!

16

Der Lift hält im zwölften Stock und die Türen gleiten scheppernd auseinander. Eine Wartung scheint mehr als überfällig zu sein, daher bin ich überaus froh, den Fahrstuhl heil zu verlassen.

Finn schiebt mich voran, während Adrian stumm hinter uns herläuft. Es geht einen langen, dunklen Flur entlang, dessen Wände mit Graffiti und anderen Krakeleien beschmiert sind. An der letzten Wohnungstür des Ganges kommen wir zum Stehen. Finn zieht klimpernd die Schlüssel hervor, als sich Adrian wie ein verschmustes Kätzchen an meine Seite drängt und seinen Kopf an meine Schulter lehnt.

„Wirst du mich danach noch liebhaben?", fragt er zu meiner großen Überraschung, als wäre seine problematische Lebenssituation ein kriminelles Vergehen, für das er selbst verantwortlich ist.

„Oh Gott, natürlich, Adrian", antworte ich erschrocken und hoffe, dass er mir glaubt. „Wie kommst du nur auf so eine Frage?"

„Nachdem er das letzte Mal einen Freund aus seiner Klasse mitgebracht hat, wurde er danach in der Schule gemobbt", ergreift Finn für seinen Bruder das Wort. „Von da an haben wir entschieden, dass unsere Probleme eine Familienangelegenheit sind und niemanden etwas angehen."

„Ich verstehe", sage ich betroffen und mag mir gar nicht ausmalen, wie schlimm das Versteckspiel für beide Brüder sein muss. „Danke für dein Vertrauen", füge ich noch an, weil ich langsam begreife, wie weit er mich in sein Leben lässt, und das trotz dieser schlechten Erfahrungen, unter denen vermutlich die ganze Familie leidet.

Milde lächelnd nickt er mir zu und widmet sich danach seinem Schlüsselbund. Er sucht ein bisschen herum, bis er den passenden Schlüssel gefunden hat, und öffnet die Wohnungstür.

Sofort schlägt mir der Geruch von Desinfektionsmitteln entgegen und vermittelt mir das Gefühl, mich in einem Krankenhaus zu befinden.

Adrian schlängelt sich an uns vorbei und verschwindet wortlos in einem der Zimmer als wäre er auf der Flucht. Fragend blicke ich Finn an, da mir das Verhalten seines Bruders ungewöhnlich vorkommt.

„Da hat ihn wohl der Mut verlassen", bemerkt Finn schmunzelnd und macht einen

Schritt zur Seite, damit ich mit meinem Rolli hereinkommen kann.

Nachdem ich die Türschwelle passiert habe, befinde ich mich auch schon in einem beengten Flur, vollgestellt mit Schränken und Regalen. Leise schließt Finn hinter mir die Tür und legt seinen Schlüsselbund auf einer gegenüberliegenden Anrichte ab. Ich beobachte ihn dabei und bemerke, wie anders er hier in seinem Zuhause auf mich wirkt. Es ist nichts mehr übrig von dem angeblichen Frauenhelden, den jeder in ihm sieht. Stattdessen blicke ich auf einen verletzlichen und sensiblen jungen Mann und bin erstaunt, wie gut es ihm bisher gelungen ist, diese Seite zu verstecken.

„Finn?", fragt eine weibliche Stimme aus dem Hintergrund. „Hast du Besuch mitgebracht?"

Eilig kommt seine Mutter aus einem der Zimmer gelaufen, welches das Wohnzimmer sein könnte, denn ich kann von meinem Standort aus auf einen kleinen Fernseher darin blicken.

„Mina?", fragt sie irritiert und tritt zu uns in den Flur. „Ist etwas mit Adrian?"

Ihre Körperhaltung versteift zusehends und mir entgeht ihr Wechselbad der Gefühle nicht. Einerseits die Sorge um ihren jüngsten

Sohn, dem im Jugendtreff vielleicht was zugestoßen sein könnte (denn warum sollte Finn sonst mit einer seiner Betreuerinnen hier aufschlagen?), andererseits die Tatsache, eine trotz allem fremde Person in ihrem Zuhause sehen zu müssen, ohne zuvor über ihr Erscheinen informiert worden zu sein.

„Nein, mit Adrian ist alles in Ordnung, Ulla", spreche ich sie wie immer mit dem Vornamen an, da wir uns bereits vor Längerem das Du angeboten haben. Wir führten schon einige intensive Gespräche miteinander und waren uns von Anfang an sympathisch. Doch von ihren misslichen Lebensumständen hat sie nie etwas erwähnt. Und das wohl durchaus bewusst, denn die Verärgerung, die sich langsam in ihrem Gesicht abzuzeichnen beginnt, ist nicht zu übersehen und gilt wohl meiner unerwarteten Präsenz.

„Warum ist sie dann hier?", richtet sie ihre Frage vorwurfsvoll an Finn. „Wir waren uns doch einig, keinen Besuch mehr mitzubringen."

„Mina ist kein Besuch", entgegnet er seiner Mutter tonlos und lehnt sich gegen die Anrichte. „Sie ist meine Freundin."

Nach seinem letzten Satz formt sich ein Lächeln in seinem Gesicht, während er seine

Arme vor der Brust verschränkt. Ullas Gesichtszüge entgleiten und sie hält sich die Hand vor den Mund.

Diese Geste erscheint mir mehr als fragwürdig, denn sie macht nicht nur deutlich, dass ich hier nicht willkommen bin, sondern dass seine Mutter die Vorstellung, ich könnte Finns Freundin sein, regelrecht erschreckt.

Eine Weile bleibt es ruhig zwischen uns dreien. Niemand wagt es, noch irgendetwas zu bemerken, denn die Blicke aller Beteiligten sind aussagekräftig genug. Ich möchte am liebsten auf der Stelle rückwärts rausrollen. Doch Finn scheint gerade einen Aufstand gegen seine Mutter beginnen zu wollen, dessen auslösendes Thema unverkennbar ich bin. Warum auch immer – schließlich dachte ich bisher, sie würde mich mögen. Nun jedoch wirkt ihre zunehmend dunkler werdende Miene auf mich so, als wäre ich als mögliche Freundin ihres Sohnes eine Zumutung für sie.

„Du weißt, dass das nicht geht, Junge", erwidert Ulla nach einer unerträglichen halben Ewigkeit und schockt mich mit ihrer Antwort. „Sie könnte niemals für dich da sein, wenn du es bräuchtest."

Konsterniert und begriffsstutzig, worum es hier gehen könnte, starre ich Ulla an. Denn es kann ja unmöglich soeben meine Gehbehinderung zum Thema gemacht worden sein.

„Sage mal, hörst du dich eigentlich selber reden?", fährt Finn seine Mutter empört an. „Mina und ich haben doch nicht vor, gleich zu heiraten. Und was mich persönlich angeht, liebe Ulla, wissen wir noch nichts", höre ich ihn sagen und wundere mich nicht nur darüber, dass er seine Mutter beim Vornamen nennt. Denn der Inhalt seiner Worte – gar des gesamten Gesprächs der beiden – gibt mir Rätsel auf.

„Also unterlasse es bitte, dich in mein Leben einzumischen", fährt Finn fort und löst sich von der Anrichte, an die er sich bis eben noch unentspannt angelehnt hat. „Niemand weiß, was kommt, und schon gar nicht, wann!"

„Du hast Recht. Es tut mir leid, Junge", zeigt sich seine Mutter einsichtig. Sie wischt sich mit dem Unterarm über die Stirn, als hätte sie eben eine schweißtreibende Arbeit erledigt. „Ich möchte dich und deinen Bruder bloß schützen."

„Wovor?", gibt Finn aufgewühlt zurück und hat die Lautstärke seiner Stimme um einige Dezibel erhöht. „Vor dem Schicksal?" Er schüttelt den Kopf und atmet tief ein, um kurz darauf die verbrauchte Luft mit resigniertem

Gesichtsausdruck auszustoßen. „Findest du nicht, dass wir es schon schwer genug haben, Ulla?", fügt er nunmehr in weicherer Tonlage an.

„Das ist wahr", erwidert sie mit feuchten Augen und sieht mich schuldbewusst an. „Verzeih, Mina, ich wollte dich nicht kränken", entschuldigt sie sich und bemüht sich um ein Lächeln. „Es ist nur manchmal alles ein bisschen viel für mich."

„Schon gut, ich verstehe das", erwidere ich leise, obwohl ich nicht mal ansatzweise verstehe. Aber ich habe das Gefühl, meine eigenen Befindlichkeiten zurückstellen zu müssen, und dass das, worum es hier geht, viel größer ist als mein angekratztes Ego.

Ulla nickt zaghaft und wirkt unsicher, ob ihre knappe Entschuldigung ausreichend ist, um ihre Unhöflichkeit mir gegenüber wiedergutzumachen.

„Vielleicht möchtest du mit uns essen", bietet sie mir an und gibt sich versöhnlich. „Ich habe Eintopf gekocht, falls du so etwas magst."

„Sehr gerne", entgegne ich und zeige mich erleichtert über den Stimmungswechsel.

„Wollen wir dann in die Küche gehen?", fragt Ulla so vorsichtig, als wollte sie vermeiden, das Kartenhäuschen mit einem falschen

Wort oder einer verfehlten Tonlage zum Einsturz zu bringen.

„Zuerst möchte ich Mina mit meinem Vater bekannt machen", übernimmt Finn wieder das Ruder und überrumpelt seine Mutter mit diesem Vorhaben, denn sie wirkt nicht erfreut.

„Ist das wirklich nötig?", fragt sie gestresst und geht ein paar Schritte zurück, um sich auf die Türschwelle zum Wohnzimmer zu stellen. „Deinem Vater geht es heute nicht gut."

„Es geht ihm nie gut, Ulla", korrigiert Finn ihre Aussage und macht nicht den Eindruck, sich von seinem Entschluss abbringen zu lassen. „Also bitte gib den Weg frei, damit ich mit Mina durch kann."

Mein Unbehagen wächst dramatisch an und mich überfällt der Gedanke, Finn davon zu überzeugen, sich Ullas Wunsch zu beugen, seinen Vater besser in Ruhe zu lassen. Immerhin soll es ihm nicht gutgehen. Da wäre es doch angebracht, ihn nicht unnötig zu stören.

„Hör mal, Finn", ergreife ich entschlossen das Wort, „vielleicht stellst du mich deinem Vater ein andermal vor, wenn es ihm bessergeht. Mir ist das unangenehm, schließlich bin ich unangemeldet hier aufgetaucht."

„Mina ... Süße ...", erwidert Finn mit so viel Wärme in der Stimme, dass mir das Herz aufgeht. Er beugt sich zu mir herab und nimmt meine Hand, um sie fest zu drücken. Dabei löst sich eine Träne aus seinem Auge und in seinem Blick erkenne ich tiefe Traurigkeit.

„Es wird ihm niemals mehr bessergehen."

17

Beklommen schaue ich zu Finns Vater, der mit geschlossenen Augen in einem Krankenbett im Wohnzimmer liegt. Sein Gesicht sieht blass und hager aus. Seine knochigen Hände liegen auf der Bettdecke und lassen erahnen, wie abgemagert sein gesamter Körper aussehen mag. Ich glaube nicht, dass er Finn oder mich wahrnimmt. Er scheint zu schlafen oder aber vollkommen abwesend zu sein. Meine Kehle ist wie zugeschnürt. Deshalb gelingt es mir auch nicht, etwas zu sagen. Stattdessen laufen mir Tränen die Wangen hinab, die ich mir sogleich wieder aus dem Gesicht wische. Ich möchte keine Heulsuse sein, sondern für Finn stark bleiben. Doch meine sensible Seite ist zu machtvoll und lässt meine überhandnehmenden Emotionen durchbrechen, weil mir klar wird, wie schwer es Finn haben muss – gar seine gesamte Familie. Zwar weiß ich nicht, wie schlimm es um seinen Vater steht, aber allein die Tatsache, dass er nie wieder gesund werden wird, lässt mich vermuten, wie wenig Hoffnung besteht, alles würde wieder gut werden.

„Hey, hey, hey", sagt Finn, als er meine Tränen sieht, die einfach nicht aufhören wollen zu laufen. Sofort greift er nach dem Stuhl, der neben dem Krankenbett steht, und zieht ihn heran. Er platziert ihn neben meinen Rollstuhl und setzt sich eilig darauf, um sogleich seine Arme um mich herumzulegen.

„Das ist kein schöner Anblick, ich weiß", bemerkt er im Flüsterton und streichelt mir sanft über den Rücken. „Ich hätte dir dies nicht zumuten dürfen, es tut mir leid."

„Aber nein", widerspreche ich seinen Worten und nehme etwas Abstand von ihm, damit ich ihm besser in die Augen sehen kann. „Ich bin froh, dass ich jetzt die Wahrheit kenne und du bereit bist, mir zu vertrauen."

„Ja, darüber bin ich auch froh", erwidert er mit erleichterter Miene. „Aber die gesamte Wahrheit kennst du noch nicht, Mina", macht er mir deutlich, dass ich längst nicht alles weiß und die Rätsel um ihn nicht gelöst sind. „Doch ich will dich heute nicht überfordern und wir sollten es auf später vertagen, darüber zu reden."

„Du überforderst mich doch nicht, Finn", sage ich aufgeschreckt von meiner Angst, er könnte mich weiterhin aus seinem Leben ausschließen wollen. „Denkst du ehrlich, ich könnte nicht verkraften, was du mir zu sagen hast? Finn, bitte wirf mir nicht bloß kleine Häppchen vor, sondern öffne dich vollständig, wenn es dir ernst mit uns ist. Ich halte das schon aus und möchte für dich da sein."

Er lächelt mich liebevoll an und lässt seine Hand über mein langes, lockiges Haar gleiten.

„Ja, meine Schöne, es ist mir ernst mit uns", sagt er voller Überzeugung, während er weiterhin befreit schmunzelt. „Und ich finde es toll, dass du für mich da sein möchtest, denn ich will es auch für dich sein." Er legt den Zeigefinger unter mein Kinn und hebt es etwas an, sodass wir uns tief in die Augen blicken können. „Und deshalb sollten wir uns ruhig die Zeit nehmen, uns besser kennenzulernen. Dann ergibt sich vieles von ganz allein – drängende Fragen lösen sich nach und nach auf. Okay?"

Schwermütig nicke ich mit dem Kopf, obwohl ich lieber widersprochen hätte. Ich spüre nur zu deutlich, wie traurig es mich macht, bloß einen Teil seiner Geschichte zu kennen, die ihn so sehr daran hindert, ein unbeschwertes Leben zu führen.

„Okay", antworte ich deshalb auch widerwillig, was mir zu meinem Leidwesen mit Sicherheit anzumerken ist.

Finn entgeht mein Zwiespalt in dieser Angelegenheit nicht, trotzdem hält er sich damit zurück, meine wenig überzeugend klingende Antwort zu kommentieren.

„Wollen wir jetzt in die Küche gehen?", fragt er mich stattdessen und lenkt meine Gedanken somit in eine andere Richtung. „Meine Mutter wartet bestimmt bereits mit dem Essen."

„Natürlich", erwidere ich mit einem leisen Seufzer, da seine Aufforderung zum Essen ein weiterer Hinweis darauf ist, dass die heutige Quelle der unverhofften Informationen über ihn versiegt ist.

Gemeinsam sitzen wir vier beengt in der winzigen Küche am Tisch und essen in einer verkrampften Stimmung zusammen Eintopf. Ulla ist sichtlich bemüht, den höflichen Smalltalk zwischen uns nicht abreißen zu lassen, und stellt mir irrelevante Fragen über die Schule oder meinen Basketballsport. Ich finde es bemerkenswert, wie viel Wert sie und auch Finn plötzlich darauf legen, mich von den Problemen der Familie abzulenken. Es gelingt mir nur bedingt, diese sinnbefreite Unterhaltung fortzuführen, deshalb rutscht mir meine mühsam zurückgehaltene Frage irgendwann ungeplant heraus.

„Woran ist dein Mann so schwer erkrankt, Ulla?", möchte ich völlig aus dem Zusammenhang gerissen wissen und schaue in ihr verständnisloses Gesicht. „Ich weiß, das geht mich nichts an", rudere ich zurück, als mir auffällt, wie konsterniert mich alle ansehen. Ich wende mich Finn zu, der neben mir sitzt, und lege meine Hand auf seinen Arm. „Aber ich kann unmöglich so tun, als würde es mich nicht berühren, deinen Vater so krank daliegen zu sehen."

„Mina, meine Hübsche", sagt er mit einem weichen Lächeln, das jedoch nicht darüber hinwegtäuscht, dass er nicht weniger irritiert ist als Ulla, „wir waren uns doch eben noch einig, dass wir uns mit allem Zeit lassen wollen."

„Aber ich verstehe das nicht, Finn", gebe ich uneinsichtig zurück. „Dein Vater liegt nebenan schwer krank im Bett und wir tun hier so, als wäre alles normal. Warum können wir nicht ehrlich miteinander sein und darüber sprechen?"

Finn legt seinen Löffel beiseite und schiebt den Teller von sich weg. Auch Ulla und Adrian ist wohl der Appetit vergangen, denn sie essen nicht weiter und starren bloß stumm auf mich.

„Hör mal, Mina", bemerkt Finn mit einem nachsichtigen Klang in der Stimme, „wir sollten in mein Zimmer wechseln und dort weiterreden. Einverstanden?"

Ich nicke bedrückt und befürchte, mit meinem kaum zu unterdrückenden Wissensdurst eine Tür aufgestoßen zu haben, die für den heutigen Tag besser verschlossen geblieben wäre.

„Einverstanden", antworte ich lediglich und lasse mich von Finn in sein Zimmer schieben.

Als wir allein sind, überkommt mich der Wunsch, mich auf der Stelle zu entschuldigen, weil mir klar geworden ist, Finn zu sehr bedrängt zu haben.

„Es tut mir unendlich leid, dass ich mich eben in der Küche nicht zügeln konnte", sage ich kleinlaut und schäme mich für mein Verhalten. „Es stand mir nicht zu, so eine direkte Frage zu stellen. Woran dein Vater erkrankt ist, geht mich natürlich nichts an."

Während mich Finn in der Mitte des Zimmers abgestellt hat, das für ein Jugendzimmer extrem spartanisch eingerichtet ist, umkreist er mich grübelnd und sucht wohl nach den richtigen Worten.

„Nein, Mina, eine Entschuldigung ist nicht nötig", sagt er kopfschüttelnd und macht damit deutlich, dass ich die Situation falsch beurteile. Er setzt sich aufs Bett und zieht sich die Ärmel seines Long-Shirts nach oben. Da er offenbar endlich zur Ruhe gekommen ist, setze ich meinen Rollstuhl in Bewegung und rolle zu ihm heran.

„Doch, ich denke schon", widerspreche ich und lächle ihn an.

Er greift nach meinen Händen und legt seine zärtlich darum.

„Es ist vollkommen verständlich, dass du wissen möchtest, was los ist", zeigt er sich aufgeschlossen, mein Fehlverhalten in ein weniger schlimmes Vergehen umzuwandeln. „Deshalb solltest du heute auch erfahren, warum wir uns in solch misslichen Lebensumständen befinden. Mein Vater war der Hauptverdiener der Familie. Es ging uns früher gut. Doch seitdem er zu einem Pflegefall geworden ist, leben wir unter dem Existenzminimum. Das ist auch der Grund, warum ich Fahrerflucht beging, als ich dachte, ich hätte den Wagen unseres Direktors beschädigt. Ich habe mein Auto aufgrund unserer finanziellen Lage nur unzureichend versichert."

Er macht eine Pause und sieht mich ängstlich an, als warte er nur darauf, von mir mit Vorwürfen überschüttet zu werden. Doch ich schweige und hoffe, dass er fortfährt – ich endlich erfahre, welche geheimnisvollen Informationen er weiterhin vor mir verbirgt.

„Jetzt weißt du alles", schließt er seinen Monolog ab und will mich anscheinend zum Narren halten. Von „alles" kann überhaupt nicht die Rede sein, immerhin spricht er weiterhin nicht mit mir über die Erkrankung seines Vaters.

18

Finn und ich liegen gemeinsam auf seinem Bett und sehen uns alte Fotos von ihm und seinen Eltern an – Zeugnisse aus einer Zeit, in der Finn sehr glücklich gewesen sein muss, denn er wirkt fröhlich und unbeschwert auf jedem Bild.

„Hier war ich vielleicht vier oder fünf Jahre", sagt er mit einem Grinsen im Gesicht, als er auf ein Foto zeigt, „und freute mich noch auf den Weihnachtsmann."

Ich schmunzle amüsiert und bin froh darüber, dass sich Finn etwas gelöster zeigt und weniger angespannt.

„Du siehst sehr zufrieden auf dem Bild aus, so wie auf allen anderen auch", sage ich beschwingt von seiner plötzlich guten Laune und schaue ihn interessiert an – freue mich regelrecht darauf, von ihm zu hören, wie schön es damals für ihn war.

„Na ja, früher war mein Leben perfekt", antwortet er erwartungsgemäß – jedoch mit einem nachdenklichen Stirnrunzeln. Anscheinend ist er gerade in die Gegenwart zurückgekehrt und sieht sich mit der schmerzlichen Realität konfrontiert.

„Dann war *hier* wohl auch alles perfekt", sage ich und zeige auf das Foto von eben, um ihn damit abzulenken und zurück in jene Erinnerung zu lotsen.

„Das kann man wohl sagen", erwidert er erfreut, darauf angesprochen zu werden, und scheint problemlos wieder umgeschaltet zu haben. „Schließlich habe ich damals zu Weihnachten die Holzeisenbahn bekommen, die ich mir so sehr gewünscht hatte. Perfekter kann das Leben eines kleinen Jungen doch nicht sein."

Er klappt das Album, das auf seinen Oberschenkeln liegt, zu und legt es beiseite.

„Und in diesem Moment ist für mich auch alles perfekt", fügt er seinem letzten Satz an und schenkt mir ein siegreiches Lächeln, „denn ich hab dich in mein Bett gekriegt."

Ich lache laut auf und kann nicht glauben, wie schnell er auf einmal zu einem Spaßvogel mutiert ist.

„Bild dir darauf mal nichts ein", möchte ich sein leicht überhebliches Gebaren direkt wieder im Keim ersticken.

„Oh doch! Und ich denke, du findest mich unwiderstehlich", lässt er sich nicht davon abbringen, mich mit einer weiteren eitlen Bemerkung zu piesacken. „Denn für gewöhnlich steigst du sicher nicht so einfach zu einem Mann ins Bett, richtig?"

„Nein", antworte ich ehrlich, obwohl ich mich am liebsten als überdurchschnittlich erfahren ausgegeben hätte, schließlich machen wir gerade nur Spaß, oder etwa nicht?

„Na bitte", entgegnet er eine Spur zu aufgeblasen. „Und ich musste dich nicht mal aus deinem Rollstuhl heben und hineintragen, was ich zugegebenermaßen liebend gern getan hätte. Nein, du schaffst so etwas ganz allein und bist überhaupt nicht so hilflos, wie du auf den ersten Blick wirken magst", wird er mit seinem letzten Satz wieder ernster. „Ich bewundere dich für deine Stärke, Mina", sagt er überraschend und lässt seinen Arm langsam hinter meinem Rücken über das Kissen wandern, an das wir uns beide anlehnen, bis seine Hand meine Schulter erreicht und sie umfasst. Vorsichtig zieht er mich näher an sich heran, sodass mein Kopf an seiner Brust lehnt und ich sein Herz wild klopfen hören kann.

Ich genieße diese unerwartete Nähe zwischen uns und erlaube mir, mich noch etwas dichter an ihn zu kuscheln. Dabei schließe ich die Augen und lasse mich fallen.

„So ist es gut", flüstert Finn und lehnt seinen Kopf an meinen. Eine Weile ist es still zwischen uns und jeder verliert sich in seiner eigenen Gedankenwelt. In mir wächst der Wunsch heran, ihn zu küssen. – Ja, ich erinnere mich noch gut daran, wie ich mich damals im Auto gegen seinen ersten und einzigen Versuch sperrte, mich zu küssen. Deshalb gehe ich davon aus, dass er diesen Schritt heute sicher nicht wagen wird. Doch jede Zelle in mir, jeder einzelne Blutstropfen ist inzwischen auf ihn programmiert. Der Zeitpunkt, sich noch näherzukommen, könnte richtiger nicht sein. Also hebe ich meinen Kopf etwas an und blicke in sein fragendes Gesicht.

„Willst du schon nach Hause?", möchte er enttäuscht wissen, weil ich mich von ihm gelöst habe. „Bitte bleib doch noch."

Die Furcht, etwas falsch gemacht zu haben, steht ihm ins Gesicht geschrieben.

Ich lächle nur und bin glücklich, dass ihm meine Gesellschaft wichtig ist – ja, dass er sich regelrecht verloren zeigt, bei der Befürchtung, ich würde aufbrechen wollen. Dies gibt mir Sicherheit und vergrößert meinen Mut, die Initiative zu ergreifen.

Mein Puls ist nicht mehr zu bändigen, denn mein Herz hat sich schlagartig entschieden, seine Arbeit in doppelter Geschwindigkeit zu verrichten. Ich wage es, mich ihm wieder anzunähern, und rücke mit meinem Gesicht immer dichter an ihn heran. Meine Absicht, ihn küssen zu wollen, dürfte inzwischen nur zu deutlich geworden sein. Diese Tatsache feuert meine Aufregung dramatisch an, sodass ich verunsichert bin, ob ich mein Vorhaben zu Ende bringen kann. Denn mir wird bereits schwindelig und eigentlich bräuchte ich eine Beruhigungspille, die mein Stresslevel innerhalb von Millisekunden absinken lässt.

Finn ist wohl noch dabei, sich zu fragen, was hier geschieht, denn er löst sich partout nicht aus seiner steifen Haltung. Falls ich also auf etwas Schützenhilfe von ihm gebaut habe, kann ich das getrost vergessen.

Als sich unsere Gesichter endlich nahe genug sind, dass ich nur noch meine Lippen zu spitzen bräuchte, fehlt mir die nötige Courage, es einfach zu tun.

„Warum hörst du auf?", haucht er mir zu und streicht mir über die Wange. „Hast du Bedenken?"

„Nein", antworte ich so leise, dass ich mich selbst kaum hören kann. „Nur etwas

Angst davor, du könntest mich zurückweisen."

„Niemals", erwidert er zu meiner Erleichterung und legt seine Hand auf meinen Hinterkopf.

Ich tue es ihm gleich und ziehe ihn zaghaft an mich heran, sodass ich meinen Mund vorsichtig auf seine Lippen drücken kann. Sie sind so warm und weich wie eine Sommerbrise, die mich davonträgt und mich leicht wie eine Feder über ein Meer bunter Schmetterlinge schweben lässt. Mein hämmerndes Herz gegen meinen Brustkorb jedoch hindert mich daran, mich zu entspannen. Statt mich also in der Zauberwelt meiner flammenden Gefühle zu verlieren, versteife ich wie ein Wassertropfen zu einem Hagelkorn, das in der luftigen Höhe der Atmosphäre in pures Eis verwandelt wurde.

Ich möchte Finn wirklich gerne küssen, aber ich schaffe es einfach nicht, meine Aufregung auf ein akzeptables Maß zu drosseln. Deshalb entscheide ich aufzugeben – meinen jämmerlichen Versuch, ihn zu küssen, an dieser Stelle abzubrechen.

„Was ist los?", fragt er mich, als ich mich von ihm abwenden will. Doch er hält mit seiner Hand dagegen und gibt mir keine Möglichkeit, meinen Kopf wegzudrehen. „Gibt es ein Problem?", erkundigt er sich mit so viel Zärtlichkeit in der Stimme, dass mir fast die Tränen kommen. Denn es fühlt sich an, als befänden wir uns plötzlich in einer hochdramatischen Szene einer Hollywood-Liebesverfilmung. Dabei geht es doch lediglich um meine Aufregung, die ich zu meinem Leidwesen schlichtweg nicht abgestellt bekomme.

„Ja", antworte ich wahrheitsgemäß, „es gibt ein Problem."

Die Traurigkeit, die er auf einmal ausstrahlt, kann ich kaum aushalten, deshalb rede ich sofort weiter.

„Ich möchte dich ja gerne küssen, aber ich bin dermaßen gehemmt, dass ich kaum Luft bekomme. Tut mir leid, vielleicht bin ich einfach noch nicht so weit."

Ich will mich umdrehen und aufrichten, doch sein Arm legt sich wie ein Seil um mich herum und hält mich fest.

„Das ist der Grund?", fragt er skeptisch und augenscheinlich erleichtert. „Um mehr geht es hier nicht?"

„Nein", kommt meine Antwort leise wie das sanfte Rascheln der Blätter in den Bäumen.

„Das ist gut", erwidert er fröhlich lächelnd und atmet befreit auf. „Ich hatte schon befürchtet, du hast es dir mit uns wieder anders überlegt. Aber *das* ist ja kein Problem, das wir nicht lösen können."

Sachte drückt er mich erneut an sich, nur diesmal so unerhört dicht, dass mich seine Körperwärme einfängt und meine Fieberkurve in schwindelerregende Höhen steigt.

„Sehr gut. So ist es viel besser", raunt er mir ins Ohr und wirkt überaus zufrieden darüber, mich fest in seinen Armen halten zu können. „Und jetzt schließ deine Augen."

Aufgewühlt mustere ich sein Gesicht, das für mich makellos ist wie das einer Porzellanpuppe. Ich könnte ihn ewig einfach anblicken und würde mich dabei zu keiner Zeit langweilen. Es gibt darin so viel zu entdecken wie die kleinen Wangengrübchen, sein wohlgeformtes Kinn oder die langen schwarzen Wimpern, die seine schönen dunkelbraunen Augen umrahmen. Wie könnte ich da *meine* Augen schließen?

„Hey", bemerkt er schmunzelnd und beugt sich weit über mich, sodass ich mich rückwärts auf sein Kissen fallen lassen muss, damit wir nicht zusammenstoßen. „Warum hörst du nicht auf mich und lässt dich von mir führen?"

Seine Hand wandert meinen Arm hinab und positioniert sich auf meinem Bauch. Mir ist nicht klar, was er mit dieser Geste bezweckt – befürchte schon, er würde den zweiten Schritt vor dem ersten tun, immerhin gab es bislang nicht mal einen richtigen Kuss zwischen uns. Da wird er sich doch hoffentlich nicht erdreisten, mit mir auf Tuchfühlung zu gehen!

Als ich protestieren will, fängt er plötzlich an, mich zu kitzeln.

„Du willst mich wohl veräppeln", behauptet er und drückt mir seine Finger erbarmungslos in die Seite.

Lachend schreie ich auf und schnappe dabei nach Luft.

„Bitte hör auf", flehe ich ihn an. „Ich weiß gar nicht, was du meinst."

„Du weißt nicht, was ich meine?", fragt er breit grinsend und stoppt seine Kitzelattacke so schnell, wie er sie begonnen hat. Stattdessen greift er nach meinen Händen und legt sie behutsam hinter meinem Kopf auf dem Kissen ab.

„Du willst es hinauszögern, richtig?", glaubt er wohl, ich suchte nach Wegen, mich ihm zu entziehen.

„Nein, wirklich nicht", erwidere ich besorgt, er könnte meine Unsicherheit fehldeuten. „Ich will dich küssen – sehr gern sogar."

„Dann lass dich einfach fallen und schließe die Augen", lässt er seine Worte zärtlich klingen – mit einem Hauch von Nachdruck. „Überlass den Rest mir, okay?"

„Okay", flüstere ich ihm meine Antwort zu – höchst beeindruckt von seinem offensiven Vorgehen, das mir mehr als deutlich macht, wie sehr er sich danach sehnt, mich endlich küssen zu dürfen und mir emotional und körperlich näher zu sein denn je.

Ich tue, worum er mich gebeten hat, doch als ich meine Augen schließe, fühle ich mich unwohl, abgeschnitten – vollkommen im Dunkeln. Ich frage mich, was er in diesem Augenblick macht. Sieht er mir ins Gesicht? Mustert er mich von oben bis unten? Plötzlich spüre ich, wie er seine Hände in meine legt, die immer noch über mir auf dem Kissen ruhen – ganz so, wie er sie dort platziert hatte. Sein Atem fällt auf meine Stirn, woraufhin mein Herz seine Arbeitsleistung dramatisch erhöht. Ich kann es laut klopfen hören und bestimmt entgeht das dumpfe Pochen auch Finn nicht. Als seine Lippen sanft meine Stirn berühren, glaube ich schon, ich würde in meiner Aufregung ertrinken. Aber dann arbeitet er sich langsam zu meinem Nasenrücken hinab, um ihn zu küssen. Wie in Zeitlupe erreicht er kaum fühlbar meine Wange, wandert danach ebenso langsam und zart zu meinem Kinn.

Mein Atem wird immer schneller, denn ich bin inzwischen so aufgeregt, dass die Sauerstoffsättigung in meinem Blut spürbar gesunken ist. Man könnte meinen, ich befände mich in einer Notlage und ich müsste ihn sofort von mir wegstoßen, damit mich seine Liebkosungen nicht in den Wahnsinn treiben. Aber ich will nur noch eins: dass ich seinen Mund endlich auf meinem spüre – dass ihn nichts weiter aufhalten kann. Auch nicht mein möglicherweise unerwartet einsetzender Zweifel, der mich bereits mein Leben lang begleitet und mir in der Vergangenheit manchen Spaß verdorben hat. Jetzt jedoch bestimmt Finn den Verlauf – hält das Zepter fest und sicher. Denn ich habe es aus der Hand gegeben, die Führung freiwillig übertragen, weil ich mir selbst im Weg stehe und mich meine Unerfahrenheit ausbremst. Finn scheint die Macht, die in diesem Augenblick ihm obliegt noch etwas länger auskosten zu wollen, da er sich hingebungsvoll jedem Zentimeter meines Gesichts widmet, bis er sich unerwartet meinen Hals hinabküsst.

Mir entfährt ein leises Stöhnen. Ich kann das Kribbeln, das durch mich wie ein Perlenregen schießt, kaum noch zähmen. Falls ich jemals so gefühlt habe, dann kann ich mich nicht daran erinnern. Finn löst eine Wollust in mir aus, die bisher tief vergraben in mir schlummerte und jetzt mit geballter Kraft an die Oberfläche jagt.

Ich würde ihn gerne überschwänglich an mich zerren – wie ein Krake meine Tentakel ausfahren und um ihn herumschlingen, sodass er sich nie wieder von mir lösen kann. Doch Finn hält meine Hände nach wie vor über meinem Kopf gefangen – als wären sie seine Beute, eine Trophäe, über die er achtsam wacht.

Ich kann spüren, wie auch *sein* Herz wild in seiner Brust zu trommeln beginnt, dass mein zartes, aber hungriges Aufstöhnen ihn weiter aufgewühlt hat. Wenn er uns beiden nicht endlich mit einem Kuss zur Erlösung verhilft, werden unsere Motoren womöglich zu heiß laufen und wir schneller übereinander herfallen als gedacht.

„Mein Gott, Mina, du riechst so gut", keucht er und küsst sich meinen Hals wieder hinauf, bis er mein Kinn erreicht und einen Moment innehält.

Ich halte meine Augen weiterhin geschlossen, obwohl ich ihn gerne ansehen würde.

Aber ich möchte die Romantik dieses wunderbaren Augenblicks nicht aufs Spiel setzen – mich Finn lieber weiterhin mit Haut und Haaren hingeben.

Kaum habe ich meinen Gedanken zu Ende gedacht – meinen Entschluss gefasst, ihm einfach zu vertrauen, fühle ich, wie sich seine Lippen hauchzart auf meinen Mund drücken, als würde ein Seidentuch darüber gleiten. Ich zucke ein wenig zusammen – bin beinahe überrascht, dass er mich nun endlich küsst. Tausende Feuerblitze flammen in mir auf. Mein Körper steht plötzlich unter Strom. Als er seinen Mund öffnet – meinen sodann zärtlich umschließt und seine Zunge sanft, aber bestimmend zwischen meine Lippen drängt, werde ich von einem Schwall rauschender Gefühle überflutet. Ich bin wie von Sinnen, als sich unsere Zungen berühren und wie zwei luftig samtige Tücher im Wind miteinander zu spielen beginnen.

Der Sturm, der nun in mir ausbricht, ist kaum zu bändigen und tobt orkangleich in mir. Ich löse meine Hände aus Finns leichtem Griff und schwinge meine Arme wie ein Lasso um seinen Oberkörper, um ihn fester an mich zu drücken. Zunehmend entflammt erwidere ich seinen Kuss und seufze wie befreit von einer Last, als er meine Zeichen erkennt und mit seiner Zunge noch tiefer in meinen Mund eindringt. Dabei atmet er laut und schwer – scheint ebenso wie ich von einer Welle der Leidenschaft mitgerissen zu werden. Jetzt ist *er* es, der sich noch fester an mich presst und dem die Kontrolle zu entgleiten droht. Als wäre er ein hungriger Wolf, fallen plötzlich seine Hemmungen und er schiebt seine Hand ungestüm zwischen Matratze und meinen Rücken. Als er mein T-Shirt zu fassen bekommt, zieht er es mit einem Ruck etwas höher, sodass er mit seinen Fingern meine nackte Haut ertasten kann.

„Unglaublich, du fühlst dich an wie ein Samtteppich", ist ihm wohl nach Scherzen zumute und unterbricht dafür sogar unseren Kuss. Doch als ich ihn anblicke, sehe ich ihn nicht lächeln. Stattdessen schmachtet er mich an wie ein Hirsch seine Auserwählte in der Brunftzeit.

Langsam schleicht seine Hand meinen Rücken hinauf und beginnt am Verschluss meines BHs zu nesteln. Auf einmal wird mir wieder bewusst, wo ich mich befinde, dass Finns Mutter und sein kleiner Bruder nebenan sind – in derselben Wohnung sowie auch sein pflegebedürftiger Vater. Wir sind hier nicht allein. Das waren wir zu keiner Zeit, auch wenn es sich einen Moment lang so angefühlt hat – jener träumerische Moment, in dem wir wie zwei Turteltauben gemeinsam in unsere rosa Wolken geflogen sind.

„Stopp", sage ich aus voller Überzeugung, weil mir soeben klar geworden ist, dass es falsch wäre, hier und heute weiterzugehen.

Finn lässt verwirrt von mir ab und ist sichtlich bemüht, sich aus seinem hormongesteuerten und tranceartigen Zustand zurückzukämpfen.

„Tut mir leid", meint er, sich entschuldigen zu müssen, als er wieder bei klarem Verstand ist. „Ich hätte nicht so aufs Tempo drücken dürfen."

„Nein, hättest du nicht", erwidere ich provozierend, statt seine ehrlich wirkende Entschuldigung einfach anzunehmen. „Auch hättest du nicht vergessen dürfen, dass dein Vater krank nebenan im Wohnzimmer liegt. Diese ganze Sache eben zwischen uns war ihm gegenüber respektlos."

Huch! Was ist denn auf einmal in mich gefahren? Bin ich von einem bösen Geist besessen oder kam dieses gereizte und völlig irrationale Verhalten gerade wirklich aus *mir* heraus? Solche ungefilterten Kommentare purzeln in der Regel nie aus meinem Mund. Hinzukommt, dass sie schlichtweg ungerecht sind. Und wenn ich Finn für schuldig erkläre, bin ich es ebenso.

„Oh, glaub mir, Mina", gibt er gekränkt zurück und setzt sich auf, „dass mein Vater sterbenskrank ist, vergesse ich nie. Und falls du tatsächlich annimmst, es gäbe auch nur eine Sekunde am Tag, in der ich nicht über all das, was unserer Familie passiert ist, nachdenke, dann bist du nicht nur auf dem Holzweg, sondern auch falsch in meinem Leben."

Schockiert fahre ich zusammen und richte mich kurz danach ebenso wie Finn auf, um den Schrecken seiner Worte und deren Ausmaß besser erfassen zu können. Hat er womöglich soeben ein zweites Mal mit mir Schluss gemacht, obwohl es ein wirkliches Zusammensein auch diesmal noch nicht gegeben hat? Das darf nicht passieren! Nicht schon wieder! Inzwischen empfinde ich viel zu viel für ihn, weshalb ich ihn nicht erneut ziehen lassen könnte.

„Ich weiß nicht, warum ich das eben gesagt habe, Finn. Es war dumm von mir, entschuldige", fasse ich mir ein Herz und gestehe mein Fehlverhalten ein.

„Weil du auch nicht besser bist als alle anderen", entgegnet er frustriert und springt auf, um sich daraufhin durch angestrengtes

Auf- und Ablaufen im Zimmer abzureagieren.

„Wie sind denn alle anderen?", möchte ich enttäuscht wissen und finde die Wahl seiner Worte genauso unpassend wie meine kurz zuvor.

„Was weiß ich!", reagiert er gereizt auf meine Nachfrage. „Oberflächlich und unsensibel eben."

„Ach so", fällt mir dazu nichts weiter ein. Ich recke mich zur Seite, um mir meinen Rolli heranzuziehen. „Du hast noch dumm und naiv vergessen", kommt mir spontan in den Sinn, seine scharfzüngige Bemerkung zu ergänzen.

Mit feucht werdenden Augen fahre ich meinen Arm aus wie eine Angelrute, doch es gelingt mir nicht, meinen Rollstuhl zu fassen zu bekommen. Beinahe falle ich bei dem Versuch, nach ihm zu greifen, vom Bett. Wie schwach und unbeholfen muss ich so auf Finn wirken. Dabei möchte ich genau jetzt stark sein, wo alles danach aussieht, dass ich erneut den Laufpass bekomme.

„Du bist weder dumm noch naiv", bemerkt Finn einlenkend und schiebt mir den Rolli zu. „Ich bin es – ich ganz allein. Denn ich habe das hier heute zwischen uns zugelassen. Es war falsch."

19

Stumm sitzen Finn und ich gemeinsam in seinem Auto und fahren Richtung Eppendorf. Obwohl ich ihn von der Verantwortung, mich nach Hause bringen zu müssen, freigesprochen hatte, war er trotzdem nicht davon abzubringen, genau dies zu tun.

„Ich hab dich hergebracht, also sorge ich auch für deine sichere Heimkehr", machte er mir klar, die Entscheidung für mich bereits getroffen zu haben.

Adrian weinte wie ein Schlosshund, als Finn mit mir überstürzt aufbrach, während Ulla eher erleichtert wirkte. Ich verstehe nicht, warum sie mich als mögliche Freundin ihres Sohnes so vehement ablehnt. Vermutlich liegt es an meiner Behinderung, die ihr nicht in den Kram passt – aus welchem Grund auch immer. Vielleicht hat es etwas mit der Krankheit ihres Mannes zu tun. Aber darüber brauche ich mir ja von nun an keine Gedanken mehr zu machen, da es eine Fortsetzung zwischen Finn und mir ohnehin nicht geben wird. Sein ablehnendes Verhalten mir gegenüber ist deutlich genug.

„Ich kann mich nur erneut für meine dumme Bemerkung von vorhin entschuldigen", versuche ich ein letztes Mal, die Wogen zwischen uns zu glätten. „Ich habe wirklich keine Ahnung, was mich dazu trieb, die Romantik zwischen uns zu killen, indem ich dir vorwarf, deinem Vater gegenüber rücksichtslos zu sein. Das war in der Tat unsensibel von mir."

„Ist schon gut", zeigt sich Finn nun weniger verschlossen und scheint für meine Worte empfänglicher zu sein. „Ich hab auch ein wenig überreagiert und hätte dich daraufhin nicht gleich so verletzen dürfen. Sorry dafür."

„Okay, super. Sieht also so aus, als wären wir einen Schritt weiter", bin ich froh, dass wir wieder miteinander reden. „Was hältst du davon, wenn wir uns aussprechen und danach einfach versöhnen?"

Ich wende mich ihm zu und lächle ihn hoffnungsvoll an. Es war schließlich nur ein kleiner Streit. Nichts Weltbewegendes.

Finn setzt die Fahrt kommentarlos fort und sieht dabei schnurstracks nach vorne. Nicht mal ein kurzes Blinzeln in meine Richtung erlaubt er sich.

Ich rede nicht gleich weiter, lasse mein Friedensangebot noch ein bisschen im Raum stehen. Womöglich braucht er mehr Zeit, bis er sich zu einer Versöhnung durchringen kann.

„Hör mal, Mina", hat er endlich entschieden, sich wieder bemerkbar zu machen, „wir sollten alles belassen, wie es jetzt ist."

„Aber warum?", frage ich in einem ansatzweise hysterisch klingenden Ton. Mir leuchtet nicht ein, weshalb Finn das kleine Pflänzchen, das sich zwischen uns entwickelt hat, mit aller Macht zerstören will. Der Gedanke, ihn gleich für immer ziehen lassen zu müssen – dass wir getrennte Wege gehen werden, sobald er mich zu Hause abgesetzt hat –, lässt mich fast panisch werden. Ich kann meine Gefühle nicht einfach wieder abdrehen wie einen Wasserhahn.

„Natürlich verstehst du es nicht, Mina", setzt Finn zu einer Erklärung an, deren einleitende Worte bereits so niederschmetternd sind, dass ich den Rest gar nicht mehr hören mag. „Das kannst du auch nicht, weil ich dir längst nicht alles erzählt habe. Und du spürst es genau – weil ich dir nichts vormachen kann."

Wir halten an einer roten Ampel, sodass Finn die Gelegenheit nutzt, mir endlich einmal in die Augen zu sehen, seitdem die Stim-

mung zwischen uns in seinem Zimmer gekippt ist. Er bemüht sich um ein Lächeln, aber
es wirkt gequält und erschreckend endgültig.

Mein Handy stört diesen seltsam bedrückenden Moment, in dem mir klar wird, dass
diese Geschichte kein Happy End haben
wird, weil er sich entschieden hat, ein Einzel-
kämpfer zu sein. Was auch immer ihn dazu
bewegt, seine Verschlossenheit nicht aufzugeben, ist machtvoller als der Wunsch nach
Glück. Obwohl ich diesen wohltuenden Augenkontakt mit ihm nur ungern beende, löse
ich ihn auf, indem ich meinen Blick auf meine
Handtasche richte und mein Smartphone her-
ausziehe.

Überrascht schaue ich aufs Display und
komme aus dem Staunen nicht heraus, eine
Textnachricht von Paul erhalten zu haben. Ich
kann mich überhaupt nicht daran erinnern,
seine Nummer in meine Kontakte eingespei-
chert zu haben, sowie ich im Grunde auch
von sonstigen Einzelheiten unseres Dates
kaum noch etwas weiß.

„Es ist dieser Paul, nicht wahr?", scheint
Finn seinen Namen auf dem Display gelesen
zu haben.

„Ja", antworte ich zaghaft, aber ehrlich, da
ich keinen Sinn darin sehe, es zu leugnen.

Er richtet seine Aufmerksamkeit wieder auf die Ampel, die just in diesem Moment auf Grün springt. Gewaltvoll drückt er den Schalthebel in den ersten Gang und gibt mehr Gas als nötig, sodass wir mit quietschenden Reifen anfahren.

Ich werde in den Sitz gedrückt, so heftig, dass es sich anfühlt, als säße ich in einer Rakete, die geradewegs von der Erde abhebt und Richtung Mond aufbricht.

Viel zu schnell fährt Finn weiter, bis er von der nächsten roten Ampel aufgehalten wird. Nervös trommelt er mit den Fingern der rechten Hand auf dem Lenkrad herum, während er sich mit der anderen gestresst über Nase und Mund fährt. Bestimmt fragt er sich in diesem Augenblick selbst, warum ihm wegen einer Textnachricht von Paul die Gefühle überkochen, obwohl er doch eigentlich mit mir Schluss machen will.

Ich versuche, über Finns unlogisches Verhalten hinwegzusehen, und erspare mir zudem jeglichen Kommentar zu seiner plötzlich aggressiven Fahrweise. Neugierig öffne ich die Nachricht und lese sie ungeniert, obwohl Finn, direkt neben mir sitzend, vor Wut zu schäumen beginnt. Doch ich habe nicht vor,

Rücksicht auf seine Befindlichkeiten zu nehmen. Immerhin hat er sich eben klar und deutlich ausgedrückt:

Wir belassen alles, wie es jetzt ist.

Ein weiteres intimes Zusammensein wird es nicht mehr geben. Für ihn ist es zwischen uns so schnell erledigt, wie es begonnen hat. Dann spricht ja nichts dagegen, wenn ich mich kurzfristig umorientiere.

Pauls geschriebene Worte lesen sich wie ein Liebesgedicht – voller Poesie und Warmherzigkeit. Mein Herz stolpert vor Schreck, als mich sein letzter Satz erdbebenartig wachrüttelt und meine Erinnerungen auf einen Schlag zurückkehren: Paul hatte mich in meinem angesäuselten Zustand mit seinem Auto nach Hause gefahren – nach einem sehr unterhaltsamen Abend. Wir lachten viel und führten erstaunlich intensive Gespräche. Bei ihm fühlte ich mich wohl und vor allem geborgen. Nach ein paar wenigen Stunden mit ihm kam es mir schon vor, als würden wir uns ewig kennen. Paul erging es nicht anders und wir beschlossen, uns möglichst bald wiederzusehen. Als wir dann mein Zuhause erreichten und Paul den Motor des Wagens ausschaltete, da habe ich ihn einfach geküsst. Nicht, weil ich Finn vergessen wollte oder zu betrunken war, um mein Handeln noch einschätzen zu können. Nein, ich wollte es, denn alles fühlte sich gut zwischen uns an – und richtig. Anders als bei Finn war ich nicht gehemmt, wagte den Schritt, ihn zu küssen, als wäre er bereits vorbestimmt gewesen – so wie jede einzelne Sekunde, die wir miteinander verbrachten.

Bei Finn hingegen war ich von Anfang an ängstlich und unsicher – wagte es nicht, ihn zu küssen, obwohl ich spürte, dass er es auch wollte. Ich schob es auf meine nicht zu überwindenden Hemmungen, dabei war es in Wahrheit mein Unterbewusstsein, das mich an diesem Schritt hindern wollte und genau wusste, dass ich mein Herz in der Zwischenzeit an Paul verschenkt hatte.

Und nun holt der letzte Satz seiner Textnachricht all meine Erinnerungen zurück – einfach so – als wäre es ein Weck-Code, den wir miteinander verabredet hätten:

Danke für diesen wunderschönen Abend und unseren unglaublichen Kuss.

20

Ich habe mein Zeitgefühl verloren, denn es könnte durchaus sein, dass ich schon viel zu lange auf mein Smartphone starre und die Tatsache, mich zusammen mit Finn in seinem Auto zu befinden, zunehmend verblasst. Als ich dann auch noch damit beginne, mein Handy verträumt anzulächeln, reißt Finn der ohnehin dünne Geduldsfaden. Er setzt den Blinker und fährt schwungvoll rechts ran, als wäre er ein tollwütiger Formel-Eins-Fahrer, der die Einfahrt in seine Boxengasse um ein Haar verpasst hätte. Ungestüm stampft er aufs Bremspedal und würgt dabei den Motor ab, weil sein linker Fuß offenbar vom Handeln des rechten überrascht wurde und nicht auf die Kupplung trat.

Finn lässt sein unrühmlicher Fahrfehler kalt und er denkt auch nicht daran, den Motor erneut zu starten, um die schiefe Parkposition des Fahrzeugs zu korrigieren.

„Ehrlich jetzt, Mina?", platzt es aus ihm heraus, als er sich mir augenblicklich zuwendet. „Du hakst mich bereits ab, obwohl ich mich noch neben dir im Auto befinde?"

Ich stecke mein Handy zurück in die Handtasche und blicke ihn verständnislos an.

„Eigentlich bist *du* doch derjenige, der *mich* abgehakt hat", kontere ich und spiele somit den Ball an ihn zurück.

„Ich hab dich nicht abgehakt, Mina. Das könnte ich gar nicht", wird sein Ton nun weicher so wie seine versteiften Gesichtszüge, als hätte ein Regisseur mit einem Weichzeichner nachgeholfen. „Aber ich habe mich vorhin wieder daran erinnert, in welcher Lage ich mich befinde, und dass ich dies niemandem zumuten kann und will."

„Glaubst du denn, eure finanzielle Schieflage würde mich stören?", frage ich und zeige ganz offen, wie gekränkt ich mich fühle.

„Nein, das denke ich nicht", antwortet er mit einem traurigen Seufzer und legt seine Hand über meine, um sie leicht zu drücken.

„Hör zu, Mina", sagt er plötzlich und scheint einen längeren Monolog einleiten zu wollen. „Du bist die Frau, von der ich schon lange träume. Bereits vor deinem Unfall – bevor du an diesen Rollstuhl gebunden warst – war ich ganz verrückt nach diesem hübschen Mädchen mit den langen roten Locken." Liebevoll streicht er mir übers Haar und nimmt danach mein Gesicht in beide Hände. „Doch inzwischen hat sich einiges in meinem Leben geändert – auf dramatische Weise. Und obwohl ich mir fest vorgenommen hatte, mich auf keine Beziehung mehr einzulassen, bin ich in deiner Gegenwart immer wieder aufs Neue schwach geworden. Ich habe meine mir selbst auferlegten Regeln missachtet, weil ich dich so sehr will. Aber das war egoistisch von mir, denn ich werde dich niemals glücklich machen können."

Stirnrunzelnd nehme ich seine Hände, die immer noch auf meinen Wangen ruhen, und pflücke sie von meinem Gesicht, um sie fest in meine zu legen.

„Warum denkst du das?", frage ich bestürzt über seine Worte.

„Weil es mir vom Schicksal nicht vergönnt ist, jemals ein glückliches Leben zu führen"; antwortet er gewohnt nebulös.

„Aber das ist doch nicht wahr", erwidere ich traurig und bemühe mich, seine auf mich überschwappende Negativität von mir abzuschütteln. „Die Chance auf ein glückliches Leben steht dir ebenso zu wie jedem anderen auch. Wenn ich es trotz einer Querschnittslähmung schaffe, wieder fröhlich zu sein, gelingt es dir auch."

Während ich dies sage, kommt mir ins Bewusstsein, wie schwer es damals für mich war, die Kraft dafür aufzubringen, wieder in den Alltag zurückzufinden. Es war ein ständiger Kampf und täglich stand ich vor der Herausforderung, mich nicht aufzugeben – die Tatsache zu akzeptieren, ein Leben lang behindert zu sein.

Da ich nicht weiß, was Finn so sehr daran zweifeln lässt, jemals ein glückliches Leben zu führen (ist es die Sorge um seinen kranken Vater, dem vielleicht nicht mehr viel Zeit bleibt, oder ein anderer Grund?), kann ich natürlich nicht beurteilen, welche schicksalhafte Wendung ihn dazu treibt, derart hoffnungslos zu sein.

„Es wäre schön, wenn du Recht hättest, Mina, und jedem Menschen die gleiche Chance auf Glück zustände", sagt er mit einer Melancholie in der Stimme, die kaum ansteckender sein könnte. Denn ich werde von einer tiefen Traurigkeit überwältigt, die meinem Drang zu weinen Tür und Tor öffnet.

„Hey, nicht doch", flüstert Finn und legt seine Arme um mich herum.

Ich schmiege mich, soweit es im Auto möglich ist, dicht an ihn und lasse meinen Tränen freien Lauf.

Eine Weile ist es still zwischen uns – bis auf mein Schluchzen, das sich alle paar Sekunden bemerkbar machen muss wie ein unliebsamer Störenfried. Irgendwann jedoch sind meine Tränen versiegt und es überfällt mich eine schmerzhafte Leere. Die Tatsache, unsere Trennung zu akzeptieren, ist *eine* Sache, aber nicht zu wissen, warum, eine vollkommen andere. Ja, ich weiß, da ist Paul, für den sich mein Kopf und mein Herz entschieden haben. Aber auch für Finn verspüre ich tiefe Gefühle, die ich nicht ignorieren kann. Er ist meine erste heimliche Liebe, die auf ewig einen Platz in meinem Herzen haben wird und die in meiner Erinnerung unauslöschlich hineintätowiert wurde. Darum muss ich einfach wissen, was Finn dazu veranlasst, so selbstzerstörerisch vorzugehen – sich gegen die Liebe zu entscheiden.

„Bitte, Finn, sag mir, was los ist", fordere ich ihn auf, mich nicht im Dunkeln zu lassen, und löse mich aus seiner Umarmung.

„Sag *du* mir mal, was mit diesem Paul ist", schafft er es schon wieder, von sich abzulenken, und bringt mich in Verlegenheit. Schließlich kann ich ihm schlecht sagen, dass ich auch *ihn* geküsst habe, mich jedoch nicht mehr daran erinnern konnte und nun in beide Männer verliebt bin.

Ich senke meinen Blick und entscheide, besser zu schweigen. Außerdem habe ich meine Frage zuerst gestellt, auf die ich ebenso keine Antwort erhielt.

„Verstehe", bemerkt Finn resigniert, als ihm klar wird, dass er zu diesem Thema von mir nichts hören wird.

Schuldbewusst schaue ich ihn an und sehe ihn nicken, als wäre ihm meine Antwort im Geiste zugeflogen. Dabei atmet er tief durch und streckt seine Hände nach oben, um sie gleich darauf lautstark aufs Lenkrad fallen zu lassen. Ohne Zweifel bemüht er sich darum, die brodelnde Lava in sich unter der Oberfläche zu halten, was ihm sichtlich schwerfällt.

„Es ist besser, wenn du dich für *ihn* entscheidest", sagt er mit verzerrter Miene, als würden ihm die Worte bitter auf der Zunge liegen – als wollte er sie ausspucken wie kalt gewordenen Kaffee.

Mit heruntergefallener Kinnlade starre ich Finn an und glaube, mich verhört zu haben. Das kann er unmöglich ernst meinen.

„Was das Beste für mich ist, entscheide immer noch ich", mache ich erbost klar, dass es nicht *ihm* obliegt, dies zu beurteilen.

Doch weder meine Worte noch mein strenger Unterton scheinen ihn davon abzubringen, sich anzumaßen, sehr wohl alles besser zu wissen als ich. Zumindest was die Wahl meines zukünftigen Partners angeht. Denn er beginnt, übertrieben heftig mit dem

Kopf zu schütteln, während er seinen Oberkörper zu mir rüberbeugt.

„Vertrau mir, Mina, ich bin der Falsche für dich. Das habe ich dir bereits einmal gesagt."

„Allerdings, das hast du", bestätige ich – wohlwissend, dass er Recht hat und dass Paul der Richtige für mich ist. „Aber du vermittelst nicht den Eindruck, als würdest du damit klarkommen, wenn ich mit Paul zusammen wäre. Bist du sicher, dass es das ist, was du willst?"

„Ob es das ist, was ich will?", wiederholt er meine Frage überlaut. „Nein, verflucht, ich möchte diesen Paul zum Mond schießen und jeden einzelnen Moment meines kümmerlichen Daseins mit *dir* verbringen! Aber mir liegt zu viel an dir, deshalb würde ich dir das nicht antun."

„Was antun, Finn?", schreie ich meine Frage regelrecht heraus. „Worum geht es hier?"

Trotzig wendet er sich wieder von mir ab und blickt aus dem Frontfenster.

Unbändige Wut türmt sich in mir auf und lässt mich fast verrückt werden. Am liebsten würde ich auf ihm herumtrommeln – so lange, bis er seine leidige Geheimniskrämerei endlich aufgibt.

„Finn, bitte sprich mit mir", verlange ich erneut von ihm, sich zu öffnen. „Vielleicht kann ich dir ja helfen."

Prustend wendet er sich mir zu, um sich kurz darauf gleich wieder zu fangen.

„Sorry, Mina, ich weiß, du meinst es gut", wird ihm sofort klar, dass es nicht nett von ihm war, über mein Hilfsangebot zu lachen, „aber du kannst mir nicht helfen."

„Ich könnte es versuchen", biete ich an.

„Werde glücklich mit Paul", erstaunt er mich mit diesem Satz. „Damit hilfst du mir."

„Und was ist mit uns?", stelle ich meine Frage unter Tränen, denn ich fühle immer deutlicher, dass jedes einzelne Wort, welches wir hier im Auto miteinander wechseln, das letzte sein wird. Was er mit ganzer Kraft vor mir verbirgt, scheint größer zu sein als die Gefühle, die wir füreinander empfinden – machtvoller als das Leben selbst.

„Es wird immer ein Uns geben, Mina", antwortet er lächelnd und haucht mir einen Kuss auf die Wange. „Nur nicht so, wie wir beide uns das vielleicht vorgestellt haben."

Ich nicke erleichtert über sein angedeutetes Angebot, Freunde zu bleiben. Nichts quält mich zurzeit mehr als der Gedanke, ihn nicht wiedersehen zu dürfen.

„Dann liegt dir also etwas daran, den Kontakt mit mir zu halten?", frage ich lieber noch einmal nach, falls ich sein subtil formuliertes Freundschaftsangebot missverstanden habe.

Finn schmunzelt kaum sichtbar und schiebt seine warme Hand in meinen Nacken.

„Ja, meine schöne Mina, mir liegt etwas daran", gibt er mir die Antwort, die ich hören wollte.

Zärtlich zieht er mich so langsam an sich heran, dass ich es erst nicht bemerke. Doch unsere Köpfe nähern sich immer weiter an, sodass sich seine Absicht, mich zu küssen, mir deutlich offenbart. Ich müsste ihn jetzt aufhalten – ihn liebevoll, aber bestimmend wegdrücken. Denn da ist Paul, der sich in mein Herz geschlichen hat und mich wie kein anderer zum Lachen bringt. Und die nicht unwesentliche Tatsache, dass Finn für uns keine Zukunft sieht.

Aber ich weiß, dass dies hier ein Abschiedskuss sein wird, dass die jahrelange Schwärmerei füreinander an dieser Stelle endet und sich in etwas Neues verwandelt: eine tiefe, innige Verbundenheit. Deshalb hindere ich Finn nicht daran, sich mir anzunähern. Ich lasse es geschehen, als er seinen Mund auf meinen legt und seine Zunge ohne Weiteres ihren Weg findet – sich mit meiner in leidenschaftlicher Weise verbindet. Seine Arme umwickeln mich wie eine sich enger ziehende Schlinge und er drückt mich mit einer Intensität an sich heran, dass es mir fast die Luft nimmt. Doch mir bleibt kaum Zeit, mich auf die Lage, den Kuss oder meine verwirrten Gefühle einzustellen. Denn schon nach wenigen Sekunden ist alles vorbei. Finn nimmt wieder Abstand von mir und wendet sich nach vorn. Offenbar will er sich einen Moment der Stille geben, um sich zu sammeln. Auch ich fühle mich etwas benommen und zweifle daran, unsere Situation richtig eingeschätzt zu haben. Plötzlich kommt mir der Verdacht, dass es ein Freundschaftsangebot von Finn niemals gegeben hat und ich seine Worte falsch verstanden – sie ihm gar in den Mund gelegt habe.

„War's das jetzt?", frage ich mit schwerem Herzen, weil ich erkannt habe, dass er zu keiner Zeit wirklich in Betracht gezogen hat, den Kontakt mit mir zu halten.

„Ja", flüstert er seine Antwort Richtung Cockpit. Er beugt sich etwas vor, um den Zündschlüssel herumzudrehen. Doch irgendwas hält ihn auf und lässt ihn innehalten. Hat er es sich doch noch einmal anders überlegt?

„Ich liebe dich, Mina", sagt er mit hängendem Kopf und startet kurz darauf den Motor.

21

Zehn Jahre später

Paul und ich sitzen auf der rustikalen Holzbank an diesem idyllischen Platz unter der Weide und blicken auf den efeuumrankten Grabstein mit der goldfarbenen Inschrift. Ein schöner Grabstein, wie ich finde – so glänzend schwarz wie Finns Haare waren und geschwungen geformt wie seine Wimpern.

Einmal im Jahr – immer an seinem Geburtstag im Mai – kommen wir gemeinsam hierher und legen Finn Blumen aufs Grab. Manchmal rede ich mit ihm, erzähle ihm vom neuesten Tratsch oder den Geschehnissen der letzten Monate. Meistens jedoch sitzen Paul und ich stumm auf dieser schönen Bank – für die ich zugegebenermaßen erst mal mühevoll aus dem Rollstuhl schlüpfen muss – und starren auf Finns letzte Ruhestätte.

Auch nach dieser langen Zeit kann ich immer noch nicht fassen, was damals passiert ist:

Finn fuhr mich an jenem Samstagnachmittag, der auf so dramatische Weise für uns endete, stumm nach Hause. Gerne hätte ich etwas auf seine bedeutungsvollen Worte erwidert, mit denen er mir seine Gefühle gestanden hatte, doch ich war viel zu durcheinander – stand völlig neben mir. Als Finn seinen Wagen auf der Einfahrt unseres kleinen Reihenhäuschens parkte, bog er seinen Oberkörper zu mir herum und sah mich fast zufrieden an, so als hätte er endlich alles geklärt und wüsste nun genau, was zu tun wäre.

„Finn, ich ...", bemerkte ich und wurde sogleich von ihm unterbrochen.

„Sprich nicht weiter", erwiderte er und legte seinen Zeigefinger über meine Lippen. „Es ist alles zwischen uns geklärt – alles gesagt worden."

„Aber ich ..."

„Pssst", erhielt ich keine Gelegenheit mehr, ihm zu gestehen, dass ich ebenso empfand wie er, und das bereits seit vielen Jahren, obwohl wir zuvor nie ein Wort miteinander gewechselt hatten.

„Ich weiß", flüsterte er lächelnd, als hätte er meine unausgesprochenen Worte längst gehört.

„Für immer und ewig", ergänzte ich mein im Geiste übertragenes Liebesgeständnis.

214

„Für immer und ewig", wiederholte er und zwinkerte mir zu.

Eine Weile sahen wir uns einfach nur in die Augen, als wollten wir diesen Moment zwischen uns einfrieren und für die Ewigkeit in unserer Erinnerung konservieren. Dieser Augenblick gehörte nur uns beiden und ich werde den Rest meines Lebens voller Liebe daran zurückdenken.

Drei Tage später erfuhr ich von Finns Tod. Die Nachricht traf mich wie ein Blitz und entzog mir die Luft zum Atmen. Es war, als wurde mein Herz von einer langen, scharfen Klinge durchbohrt, denn der Schmerz, den ich spürte, ließ mich fast ohnmächtig werden.

Lediglich Ulla zuliebe, die mich angerufen hatte und mir unter Tränen vom Freitod ihres Sohnes berichtete, bemühte ich mich um Fassung.

Nun erfuhr ich, was die Familie so vehement vor mir unter Verschluss gehalten hatte – jetzt, wo dieses Geheimnis beinahe zu einer Bedeutungslosigkeit verblasst war. Denn es gab nichts mehr, was ich zu diesem Zeitpunkt noch für Finn hätte tun können. Er war tot – freiwillig aus dem Leben geschieden.

Seine Befürchtung, eines Tages von der gleichen schweren Muskelerkrankung betroffen zu sein wie sein Vater, hatte sich bewahrheitet. Finn war genetisch vorbelastet und wie aus dem Nichts zeigten sich bei ihm bereits die ersten Anzeichen. Ein Gentest, dessen Ergebnis er einen Tag nach unserer Trennung erhielt, ließ seine Vorahnungen zur grausamen Gewissheit werden. Er war von einer furchtbaren Krankheit heimgesucht worden, deren Prognose ihn zu absoluter Hoffnungslosigkeit verdammte. Man entrinnt ihr nicht und wird scheibchenweise von ihr verschlungen. So lange, bis am Ende nur noch eine leere Hülle übrigbleibt und der unvermeidliche Tod eine Erlösung ist.

Doch so vernichtend die Prognose für Finn auch gewesen sein mag, haderte ich lange damit, dass er sich für diesen endgültigen Schritt entschieden hatte. Warum bloß war er nicht in der Lage gewesen, hoffnungsvoller zu sein – viele mögliche symptomfreie Jahre als Geschenk anzunehmen? Und niemand weiß, welche Behandlungsmethoden Betroffenen in der Zukunft vielleicht Hoffnung bringen können.

Inzwischen jedoch verstehe ich, weshalb Finn keinen anderen Ausweg für sich sah.

Denn er war nicht der Typ, der Schwäche zulassen konnte, dem es niemals gelungen wäre, sich einer krankheitsbedingten Abhängigkeit auszuliefern. Erst nach den vielen Gesprächen mit Ulla war mir dies klargeworden. Offensichtlich wohnte in ihm eine zerbrechliche Seele, die zu stolz war, die unvermeidliche Hilflosigkeit, die ihn mit dieser Diagnose erwartet hätte, zu akzeptieren.

Wie schön, dass Ulla und ich auch heute noch in Verbindung stehen – ja, gar eine enge Freundschaft pflegen. Mein anfängliches Gefühl, einen guten Draht zueinander zu haben, als wir uns damals im Jugendtreff das erste Mal begegnet waren, hatte mich also nicht getrügt – obwohl mir ihr seltsames Verhalten mir gegenüber durchaus berechtigten Anlass zu Zweifeln gab. Denn ihre gesamte Körpersprache ließ vermuten, dass ich als Freundin ihres Sohnes schlichtweg nicht infrage kam. Was ich zu jenem Zeitpunkt jedoch nicht wissen konnte, war, wie sehr sich Ulla Tag und Nacht den Kopf darüber zerbrach, dass ihr damals gesund erscheinender Sohn von der unweigerlich herannahenden Metamorphose in einen pflegebedürftigen Menschen schneller betroffen sein könnte als erwartet.

Ein gehbehindertes Mädchen hätte ihm in ihren Augen nicht die nötige Unterstützung bieten können.

Heute sieht sie alles anders, jetzt, wo sie in einer Therapie gelernt hat, die Dinge aus einer neuen Perspektive heraus zu betrachten. Auch hat sie mich inzwischen so gut kennengelernt, um zu wissen, dass ich sehr wohl in der Lage gewesen wäre, mich um Finn zu kümmern – ihm alle nötige Hilfe zukommen zu lassen.

Ihr Mann, Finns Vater, ist mittlerweile verstorben. Doch auch wenn der Ausgang des Kampfes bereits vorbestimmt war, so hatten sie und ihr Mann Marc selbst in der fortgeschrittenen Phase noch gute, erinnerungswürdige Momente erlebt, die Ulla heute Kraft geben und glücklich machen.

Adrian ist zu einem attraktiven, gesunden jungen Mann herangewachsen, dem die Frauenherzen nur so zufliegen. Gerade ist er dabei, sein Abitur zu machen und einiges spricht dafür, dass ihn eine glänzende Zukunft erwartet. Seine guten Noten in der Schule und die für sein Alter erstaunliche Reife lassen Ulla und mich nicht daran zweifeln, dass für Adrian sämtliche Wege offenstehen.

Heute bin ich glücklich – mit meinem Leben und vor allem mit Paul, der mir jeden Tag aufs Neue das Gefühl gibt, die einzig wahre Frau für ihn zu sein. Er liest mir jeden Wunsch von den Augen ab und ist der warmherzigste, hilfsbereiteste und verständnisvollste Mensch, den ich kenne.

Damals hatte ich ihm meine Gefühle für Finn gestanden und dass er bereits lange vor ihm eine Rolle für mich gespielt hatte – er alles andere als bloß eine nichtige Jugendschwärmerei für mich gewesen war, die ich hätte einfach abhaken können.

Er war meine erste große Liebe, die man niemals vergisst und in seinem Herzen trägt – für immer und ewig.

Paul half mir über die schwere Zeit des Verlustes hinweg und war stets für mich da, wenn ich ihn brauchte. Seine Liebe für mich ist unerschütterlich und so machte er mir zwei Jahre nach Finns Tod einen Heiratsantrag, den ich überglücklich annahm.

Seit ein paar Jahren arbeitet Paul als IT-Experte in einem florierenden Unternehmen. Der Job als Kellner im „Aquarell" war damals eine gute Gelegenheit für ihn, sein Studium zu finanzieren, und nicht von Dauer, worüber ich letztendlich sehr froh war. Denn es fiel mir zunehmend schwerer, an den Wochenenden auf ihn zu verzichten. In kürzester Zeit wuchsen wir zu einer Einheit zusammen und wurden buchstäblich unzertrennlich.

Auch ich habe übrigens eine gut dotierte Stelle in einem boomenden mittelständischen Familienunternehmen gefunden, in dem man auf eine Mitarbeiterin im Rollstuhl anfänglich nicht vorbereitet war. Nachdem jedoch die Umbaumaßnahmen abgeschlossen waren, stand mir ein wirklich tolles rollstuhlgerechtes Büro zur Verfügung.

Mein Basketballsport hatte ich aufgegeben, als ich mich aufs Abitur vorbereiten musste. Da unser Verein erfolgreich in der zweiten Liga spielte, bedeutete dies für uns Spieler ein hohes Maß an Disziplin. Ich musste Prioritäten setzen, denn mir blieb kaum noch Zeit für die vielen Trainingsstunden. Doch mein Herz schlägt immer noch für meinen ehemaligen Verein, deshalb lasse ich es mir nicht nehmen, hin und wieder ein Spiel zusammen mit Paul zu besuchen.

Manchmal begleiten mich auch Julia und Anita zu einem Turnier und grölen mit mir Fangesänge bis wir heiser sind. Ja, wir sind auch heute noch dicke Freundinnen und unzertrennlich. Da sich unsere Männer untereinander ebenfalls verstehen, unternehmen wir viel zusammen. Demnächst ist sogar ein gemeinsamer Urlaub geplant, wobei es nicht so leicht sein wird, die Wünsche von sechs unterschiedlichen Personen unter einen Hut zu bringen. Doch wir sind eine unkomplizierte Truppe, deshalb mache ich mir keine Sorgen, dass wir uns auf ein schönes Ziel einigen und eine Menge Spaß haben werden.

Wenn ich auf das Vergangene zurückblicke, war es schon ein wenig verrückt, wie holprig es zwischen Paul und mir begonnen hatte. Immerhin musste er anfänglich akzeptieren, dass ich nicht nur von ihm, sondern auch noch von einem anderen Mann geküsst wurde.

Doch er sah in Finn nie eine Konkurrenz, denn er war von Anfang an sicher, der richtige Mann für mich zu sein. Ich wusste es ebenfalls – und auch Finn war sich dessen sicher.

Ich habe mit Paul nicht nur *den* Mann gefunden, der mich glücklich macht und mir das Gefühl gibt, besonders zu sein, sondern meine große Liebe – für immer und ewig!

Leseprobe

„Kein Sex mit einem Millionär"
von
Sabine Richling

1

„Mein Gott, was redest du wieder für dummes Zeug!", knallt mir mein Mann um die Ohren, während wir mit seinen Geschäftsfreunden in einem Restaurant zu viert am Tisch sitzen und über Politik reden. Gähn! Ich habe mir erlaubt, meinen Senf dazuzugeben, eine kleine Anmerkung zu machen, als ich merkte, dass mein werter Gatte falsch informiert ist. Aber erneut ist es ihm gelungen, seine eigenen Unzulänglichkeiten zu verbergen, indem er mich als latent verblödet darstellt. Peinlich berührt hüstelt Herr Hühnerbein in die Serviette, auch seine Frau popelt mit der Gabel im Fleisch herum und überlegt, wie sie die gute Stimmung retten kann. Komisch, dass mein Daniel solche Überlegungen nie anstellt, schließlich bringt er uns regelmäßig in solch eine Lage, in der man gerne vor Schmach im Boden versinken möchte. Ich überlege, mir eine Tüte über den Kopf zu ziehen, um mir damit kurzfristig das Gefühl zu geben, nicht hier zu sein.

Seine Beleidigung zu kommentieren, erspare ich mir, immerhin haben wir uns gerade ausreichend zum Gespött des Abends gemacht. Das bedarf keiner Fortsetzung.

„Entschuldige", sage ich leise und lege mein Besteck beiseite. Mir ist der Appetit vergangen.

„Wenn du es nicht besser weißt, halte dich aus dem Gespräch heraus", tritt Daniel nach. Jetzt bin ich still und möchte meinem Gemahl gerne meine Roulade ins vorlaute Mundwerk stopfen, da ich sie ohnehin nicht mehr essen werde. Doch ich halte mich zurück und schlucke meine Wut herunter.

„Sagen Sie, Herr Hartmann", geht Frau Hühnerbein dazwischen, „wohin fahren Sie eigentlich dieses Jahr in den Urlaub?"

Geschickt hat sie das Thema gewechselt und die Lage entschärft.

Da erwacht Daniel zu neuem Leben, denn über Urlaube redet er gern. Als hätte es seine Entgleisung nicht gegeben, gerät er in feurige Ekstase.

„Dieses Jahr haben wir fünf Reisen geplant. Im Frühjahr werden wir wieder eine Kreuzfahrt machen, diesmal auf dem Mittelmeer", antwortet er voller Inbrunst.

„Oh", entfährt es Frau Hühnerbein, „das ist ja großartig.

„Ja, aber dieser Trip ist nicht unser Haupturlaub, den werden wir in Südafrika verbringen, nicht wahr, Leonie?" Er lächelt mich an und stößt mir seinen Ellenbogen gegen den Oberarm. „Da freuen wir uns besonders drauf."

„Klar", sage ich und verstumme sogleich wieder. Ich möchte nicht noch einmal zurechtgewiesen werden, weil ich in seinen Augen Müll rede.

„Du hast diese Reise doch gebucht, sag ruhig auch mal was dazu."

„Ja, später, ich muss mal aufs Klo", erwidere ich gereizt und erhebe mich. Ich hänge mir meine Handtasche über die Schulter und erwäge, einfach zu gehen. Stattdessen steuere ich die Waschräume an, ich Feigling! Ich weiß nicht, warum er mich ständig bloßstellen muss. Natürlich habe ich die Reise nicht gebucht, sondern er. Ich habe keinen blassen Schimmer, wohin es genau geht und welche Hotels er für uns ausgesucht hat. Ich hasse es zu verreisen! Meine Heimat ist mir lieb und teuer und ebenso mein Hobby. Ich male. Seit meiner Jugend beschäftige ich mich mit der Malerei und könnte den ganzen Tag nichts anderes tun. Warum soll ich in die weite Welt fahren, wenn ich mit dem, was mir das Leben hier bietet, äußerst zufrieden bin? Daniel möchte am liebsten von einem Kontinent zum nächsten springen, und das mehrmals im Jahr. Vielleicht rennt er vor irgendetwas davon, ist auf der Suche nach einer Offenbarung. Bloß in der Ferne wird er sie nicht finden. Eine Exkursion in sein übertriebenes Ego könnte ihm guttun. Womöglich stößt er dabei mal auf sich selbst und erkennt, was er für ein selbstverliebter Blödmann ist.

Er war nicht immer so. Früher war er mal nett, damals – vor langer Zeit. Wir haben für eine Modekette gearbeitet, waren Kollegen, besser gesagt, Auszubildende. Während ich nach der Lehre ging, um Kunst an der Universität zu studieren, blieb er im Unternehmen und arbeitete sich bis in die Geschäftsleitung empor. Wir kauften uns ein Haus und genossen das bessere Leben. Bald darauf heirateten wir und zogen in ein noch größeres Haus. Zwar wusste ich nicht, wozu das nötig war, immerhin waren hundertfünfzig Quadratmeter mehr als genug, aber Daniel war der Meinung, ein „Schloss" würde was hermachen und Geschäftsfreunde wären imponiert. Da er seine Firma repräsentiert, braucht er eben die zweihundertfünfzig Quadratmeter. Dass wir unseren Palast nur zu zweit bewohnen, zählt nicht. Den kann ja eine Putzfrau in Schuss halten und den Garten ein Gärtner.

Logisch, dass ich darauf nicht von allein gekommen bin. Bin halt dumm wie Bohnenstroh. Keine Ahnung, wie oft mir Daniel das Gefühl gibt, ein gehirnloser Torfkopf zu sein – oft genug, dass ich es selbst glaube.

Ich stehe vorm Spiegel und pudere meine Nase. Dabei starre ich in mein Gesicht und frage mich, ob ich noch attraktiv bin. Seit zwanzig Jahren sind Daniel und ich ein Paar. Ein Kompliment habe ich nie bekommen. Gerne jedoch werde ich mit wachsender Begeisterung von ihm kritisiert. Ich kann es ihm eigentlich nie recht machen, es sei denn, ich schlafe. Da bin ich leise wie eine Feder im Wind und widerspreche nicht. Wehe ich vertrete mal eine andere Meinung als er, dann haben wir sofort wieder eine Diskussion, die sich bis in den späten Abend ausdehnen kann. Grrr, ich hasse dieses Gerede um Nichts! Dabei gibt es so viel Schönes, das man gemeinsam genießen könnte. Aber nein, mein lieber Daniel versteift sich auf unproduktive Wortwechsel, die einem unnötig Energie rauben. Die letzten Jahre frage ich mich immer öfter, was mich eigentlich bei ihm hält. Sein Bankkonto kann es nicht sein. Ich interessiere mich nicht für Geld, es ist mir nicht wichtig. Als wir uns kennenlernten, war er genauso mittellos wie ich. Wir haben unser schlichtes, freies Dasein genossen, sind gern in die Pizzeria nebenan essen gegangen, statt im Sterne-restaurant oder haben uns am Kinotag den neuesten Film angesehen. Das Popcorn und die Getränke schleusten wir heimlich mit ein, um die teuren Preise zu boykottieren. Unsere Klamotten haben wir nach Geschmack ausge-sucht und nicht nach dem Label. Wie sehr vermisse ich die alte Zeit, in der wir noch „einfach" waren, ein Paar aus der Mittel-schicht, vollkommen durchschnittlich. Jetzt werden die Freunde nach dem Portemonnaie ausgesucht und nicht nach Sympathie. Denn mit weniger gut betuchten Menschen kann Daniel nichts mehr anfangen. Die jammern ja ständig darüber, wie teuer alles sei. Doch für Hartmann, Daniel Hartmann, spielt Geld keine Rolle. Er ist der Obermufti der High Society, gehört zur Crème da la Crème, und das will er auch zeigen. Wo käme man denn da hin, wenn man sich für seinen Reichtum entschuldigen müsste?

Ich seufze und lasse die Puderdose in meine Tasche fallen. Herrje, ich will nicht zurück zum Tisch. Ich könnte einfach umfallen und mich vom Personal zum Taxi tragen lassen. Für einen schwachen Kreislauf kann ich ja nichts. Vielleicht sollte ich noch meinen Lippenstift nachziehen, um die Zeit zu überbrücken. Obgleich ich das gerade gemacht habe. Dabei verabscheue ich es, mir Farbe ins Gesicht zu pinseln. Die gehört auf eine Leinwand und nicht auf die Haut. Aber was soll ich sagen, Daniel legt großen Wert auf eine perfekt gestylte Frau von Stand. Dabei bin ich bloß die unvollkommene Frau von nebenan und möchte das auch gern wieder sein. Hätte ich damals gewusst, was mich mit Herrn Hartmann erwartet, wäre mir niemals in den Sinn gekommen, Frau Hartmann zu werden.

„Leonie?", ruft Daniel von draußen und klopft gegen die Tür der Damentoilette. Ich antworte nicht und überlege, so zu tun, als wäre ich längst weg. Plötzlich öffnet er die Pforte und entdeckt mich bei den Waschbecken. War ja klar, dass er die Unverfrorenheit besitzt, hier einzudringen. „Willst du nicht mal langsam zum Tisch zurückkehren? Wir warten alle auf dich. Das Dessert ist schon serviert worden."
„Ja, ich wollte gerade aufbrechen."

„Hast du mal auf die Uhr gesehen? Du bist bereits eine Viertelstunde weg. Was glaubst du wohl, was das für einen Eindruck macht?"

„Schon mal darüber nachgedacht, was dein Auftritt vorhin für einen Eindruck hinterlassen wird?", kontere ich und würde ihn am liebsten anspringen und ihm in seine überhebliche Visage trommeln.

„Irgendwie musste ich dich doch davor bewahren, noch mehr Unfug von dir zu geben", hält er dagegen. „Jetzt komm endlich, die Hühnerbeine warten." Er grinst bei seiner eigenen Bemerkung, die er enorm witzig findet.

„Die Hühnerbeine können warten, die Hartmänner müssen sich erst streiten!", lasse ich verlauten und bewege mich keinen Zentimeter von der Stelle.

„Hast du vor, mich zu blamieren vor meinen Geschäftskunden?", fragt er aggressiv.

„Das schaffst du auch allein."

„Meine Güte, du bist immer so stur. Hier geht es um Millionen und Madame fühlt sich auf den Schlips getreten."

„Ich fühle mich vor allem nicht ernst genommen."

„Reden wir jetzt über deine verletzten Ge-fühle?", fragt er und lächelt boshaft. „Also lässt du die Mimose raushängen, ausgerech-net an so einem Tag!" Sein schroffes Lächeln verschwindet. „Prima. Das ist ja wirklich su-per! Mach nur weiter so und du wirst alles ru-inieren!"

Iiiich? Fragend drehe ich mich um. Außer meiner Wenigkeit und Herrn Hartmann ist niemand da. Also wende ich mich ihm wieder zu und zeige mit dem Finger auf mich.

„Meinst du etwa mich?"

„Hallo?", gibt er erhitzt von sich. „Wen denn sonst? Ständig spielst du die Beleidigte, an-statt dir mal klarzumachen, um was es geht!"

„Hier geht es einzig und allein um deine Großspurigkeit, mit der du die Menschen um dich herum niederrennst. Du bemerkst nicht mal, wenn du andere kränkst."

„Ich habe niemanden gekränkt und du bist ja dauernd eingeschnappt."

„Ach so."

„Bewegst du deinen Hintern bitte zurück an den Tisch?"

Unwillig gehe ich an ihm vorbei und trete in den Flur. Ich sehe die Hühnerbeine von Weitem, wie sie sich zuprosten und sich einen Kuss zuwerfen. Könnte Daniel doch nur eine Spur von der Warmherzigkeit besitzen, mit der sich dieses Ehepaar liebt.

2

Am nächsten Morgen bin ich froh, als Daniel zur Arbeit fährt. Endlich allein. Keine Vorwürfe, kein Gezeter. Nur Ruhe und Frieden. Ich genieße die Zeit ohne ihn. Das sollte mir zu denken geben. Andere vermissen ihren Partner, freuen sich darauf, ihn nach Feierabend zu sehen. Ich dagegen bin dankbar für jede freie Minute. Diese Stille im Haus, das angenehme Rauschen der Heizung, das so meditativ auf mich wirkt. Ich finde das Leben toll – solange Daniel nicht in meiner Nähe ist.

Nach dem Frühstück gehe ich in mein Atelier, das unterm Dach des Hauses liegt. Von dort aus habe ich einen prächtigen Blick auf die Gärten der Nachbarn. Wie sehr ich es liebe, hier oben zu sein und den Pinsel über die Leinwand gleiten zu lassen. Jeder Pinselstrich ist für mich höchste Sinneslust. Das Malen macht mich glücklich, gibt mir die nötige Kraft, die ich brauche, um mich gegen Daniel zu behaupten. Ich bin es leid, mich zu streiten, jedes unnötige Wort möchte ich uns ersparen. Deshalb bin ich im Laufe der Jahre zu einer Memme mutiert, denn Widerspruch ist zwecklos. Ist man mit einer Kampfmaschine verheiratet, hisst man eines Tages freiwillig die weiße Fahne, um schließlich Ruhe zu haben. Trotzdem genehmige ich mir hin und wieder eine kleine Revolte. Vor allem, wenn es um das Thema „Verreisen" geht. Manchmal erhebe ich Einspruch und bitte um einen Urlaub in den eigenen vier Wänden.

„Ha!", ruft Daniel dann aus. „Das ist doch kein Urlaub. Ich muss fliegen. Möglichst weit weg. Nur so kann ich mich richtig erholen."

„Wie wäre es mit zwei Reisen im Jahr statt fünf?"

„Kommt nicht infrage. So kann ich nicht richtig abschalten."

„Und wenn wir mal in Deutschland urlauben?"

„Willst du mich verkohlen? Ich muss was von der Welt sehen!"

Ja, und jedem erzählen, wo er überall schon war. Denn Prahlen ist Daniels Hobby: *Hey, ich war in Las Vegas, Mexico, China, Japan, England … Ich bin ein Held, denn ich kenne die Welt und*

kann überall mitreden. Ich bin Daniel, der Colum-
bus des 21. Jahrhunderts.

Wahrscheinlich ist dieses übertriebene Reise-
verlangen der Grund, warum ich nicht mehr
so gern in ferne Länder aufbreche. Eigentlich
dachte ich mal, mir würde das gefallen. Aber
vier- bis fünfmal im Jahr ins Ausland ist einfach zu viel. Entspannung finden wir im Urlaub nie, denn Daniel will möglichst viel sehen, rennt von einer Sehenswürdigkeit zur
nächsten. Nur faul am Strand zu liegen, ist
nichts für ihn. Da könnte er ja was verpassen.
Eigentlich läuft unser gesamtes Leben auf der
Überholspur ab, sodass ich mich oft ausge-
laugt und verbraucht fühle. Ich sollte mal ein
paar Jahrzehnte Pause beantragen, um mich
vom Ehestress zu erholen. Bloß wo sollte ich
meinen Antrag einreichen? Bis auf Daniel
habe ich keinen Chef, weil ich zu Hause arbeite. Meine Malerei wirft nicht viel ab, denn
mein großer Durchbruch lässt auf sich warten. Natürlich nimmt mein Mann meine Arbeit nicht ernst, so wie er eigentlich nie etwas
ernst nimmt, was ich tue oder sage.
Warum bin ich noch hier?
Diese Frage stelle ich mir immer öfter. Hoffe
ich, ihn zu ändern, die alte Zeit eines Tages

zurückzuholen? Wäre es so, bin ich eine Traumtänzerin, denn Vergangenes ist vergangen. Menschen lassen sich nicht umformen, und schon gar nicht Daniel. Ich kann ihm keinen Fahrplan in die Hand drücken und sagen: „So, von nun an lenken wir unser Boot in meine Richtung, leben so, wie ich es für uns vorgesehen hab."

So funktioniert das nicht! Denn Daniel lässt sich nichts sagen. Er macht sein Ding. Der Partner muss ihm folgen und nicht umgekehrt!

Das Telefon klingelt. Meine Agentin ruft an. Elli. Na ja, Agentin ist vielleicht ein bisschen hochgestochen. Sie ist meine Freundin und kümmert sich um die Vermarktung meiner Bilder. Bisher war sie damit nicht besonders erfolgreich. Gelegentlich organisiert sie eine Vernissage in einer Kaschemme, aber das führte bisher lediglich zu geringfügigen Verkäufen. Mein Bekanntheitsgrad ist gleich null. Solange ich es nicht schaffe, meine Kunstwerke auf exklusiven Kunst-Events zu präsentieren, sitze ich weiterhin in der zweiten und dritten Reihe, da, wo mich niemand sieht.

„Hey, Leonie", begrüßt sie mich und scheint gut gelaunt zu sein. „Ich habe einen Raum für eine Ausstellung gefunden. Ein ehemaliger Dance-Club im Industriegebiet."

„Oh", sage ich und teile ihre übertriebene Begeisterung nicht. Ein Club im Industriegebiet, eine Gegend, die vollkommen ausgestorben ist, wo sich nicht mal ein Eichhörnchen hin verirrt. Aber ich möchte sie nicht demotivieren und lasse sie meine Dankbarkeit spüren. „Das ist ja toll. Klasse."

„Wenn du willst, können wir uns die Räumlichkeiten nachher mal ansehen. Der Preis, den der Vermieter verlangt, ist human."

„Ach ja?", frage ich und kann mir nicht vorstellen, dass sich die Kosten mit dem Verkauf der Bilder amortisieren werden. Bis jetzt war es fast immer ein Zuschussgeschäft.

„Ja, er verlangt nur 2.500 Euro. Ist das nicht supi?"

Ich pruste und schnappe kurz darauf nach Luft.

„Wirklich, supi", antworte ich und überlege, wie ich Daniel überreden kann, mir den Betrag ohne Zänkerei auszuzahlen. Er glaubt nicht, dass meine Bilder gut genug sind, um jemals Anklang in der Kunstwelt zu finden. Er traut mir nicht zu, eine Mallegende zu werden. Ich selbst weiß natürlich genau, dass ich es eines Tages schaffe! Würde ich das nicht glauben, könnte ich kapitulieren. Doch fürs Aufgeben bin ich nicht geschaffen. Ich bin als Kämpferin geboren worden. Dumm nur, dass ich mit einem Kampfhahn verheiratet bin, der mich um Längen schlägt. Ständig meint er, alles besser zu wissen als ich, deshalb pflügt er jegliche meiner Ideen nieder. Er mischt sich in Dinge ein, von denen er nichts versteht, argumentiert mich solange an die Wand, bis ich nachgebe und mich seinen Ansichten füge. Vermutlich mangelt es mir deshalb an Erfolg. Weil ich mich nicht genügend durchsetze, um meinen eigenen Weg zu gehen.

„Und? Treffen wir uns nachher?", will Elli wissen und bedrängt mich eine Spur zu heftig. Eigentlich wollte ich mich den ganzen Tag mit Malen beschäftigen und mich nicht für eine unproduktive Besichtigung in einer Fabrikhalle verabreden. Da ich Elli aber niemals etwas abschlagen kann, stimme ich zu. „Fein", jubelt sie, „dann hole ich dich um dreizehn Uhr ab."

Als es an der Tür schellt, schrecke ich auf und schaue auf die Uhr. Verflucht, ich habe die Zeit total aus den Augen verloren. Sobald ich male, tauche ich in meine Bilder ein und vergesse die Welt um mich herum. Ich lege den Pinsel beiseite und renne vom Dachgeschoss ins Erdgeschoss, um Elli in meiner weißen mit Farbtropfen besprenkelten Latzhose zu öffnen.

„Elli!", rufe ich aus, als ich ihr die Tür öffne.

„Ist es schon so weit?"

„Mannomann, Leonie, der Typ erwartet uns um halb zwei. Wie sollen wir das schaffen, wenn du noch nicht fertig bist?"

„Ich bin fertig. Wir können direkt los."

„So?"

„Ja, wo ist das Problem?"

„Na, dein Aufzug!"

„Ach was, das ist schon in Ordnung. Ich will ja keinen Schönheitswettbewerb gewinnen, sondern bloß einen Raum anmieten."

„Wie du meinst. Aber wir fahren mit deinem Auto. Hab keine Lust auf Farbflecke im Polster."

„Klar, machen wir." Ich greife nach dem Wagenschlüssel und meinen Papieren. „Kann losgehen."

3

Pünktlich um halb zwei erreichen wir die stillgelegte Fabrik. Ein junger Mann im Dreiteiler steigt aus seinem offenen Sportwagen und schlendert langsam auf uns zu, während ich mein Auto peinlich genau auf einer eingezeichneten Parkfläche abstelle, was natürlich nicht nötig gewesen wäre, da sonst kein einziges Fahrzeug hier steht.

„Schau mal, Leonie, was da für ein Sahneschnittchen auf uns zukommt."

„Ich sehe nur einen Lackaffen im Designerfummel."

Elli verdreht die Augen über meine Bemerkung und steigt aus, um ihrem Tortenstück entgegenzulaufen. Ich lasse mir Zeit, denn ich hab's nicht eilig. Sobald ich einen Kerl im Anzug sehe, krieg ich das Würgen. Vermutlich liegt's an Daniel, der tagtäglich in perfekter Montur das Haus verlässt und ich diesen Anblick nicht mehr ertragen kann. Obwohl der

Anblick nichts dafür kann, lediglich das aufgeblasene Gehabe meines Ehegatten. Somit sehe ich in jedem Anzugträger einen Snob. Schlimm genug mit einem verheiratet zu sein. Da brauch ich nicht auch noch einem blasierten Hammel auf dem Industriegelände zu begegnen.

Langsam bewege ich mich aus meinem roten Mazda, der in etwa so alt ist wie ich. Ich liebe meine Knutschkugel, weil sie mich niemals im Stich lässt. Natürlich sieht sie nach nichts aus, wirkt wie ein alter Marienkäfer aufgrund ihrer vielen Rostflecke, die ich liebevoll pflege und ausbessere. Aber ich bin Menschen und Gegenständen ein Leben lang treu. Daher tausche ich weder Daniel noch mein Auto aus, auch wenn die Zeit reif wäre.

Elli winkt mir von Weitem zu und fordert mich auf, mich zu ihrem Kuchenstück dazuzugesellen. Ich stecke meine Hände in die Taschen der Latzhose und schlürfe angeödet zu ihr und diesem Aufschneider. Ogottogott, seine Parfümwolke erreicht mich schon aus einhundert Meter Entfernung. Ich rümpfe die Nase und mein Unwille, ihm näherzukommen, wird immer größer. Kann Elli das nicht allein aushandeln? Ich hab eine Allergie gegen Sahneschnittchen. Vor allem wenn sie nach Parfümerie stink ... äh, duften. Plötzlich verführt der Geruch meine Nase und setzt sich sanft auf meine Flimmerhärchen. Mein Kopf beugt sich von allein vor und scheint sich flinker als der Rest meines Körpers zu bewegen. Nun kann ich nicht schnell genug bei der Süßspeise ankommen, weil sie meinen Geruchssinn mehr umschmeichelt, als mir lieb ist. Ich bin hypnotisiert.

„Frau Hartmann?", spricht mich der Leckerbissen mit seiner Baritonstimme an und ich warte darauf, dass das Orchester mit einstimmt.

„Äh ja, Herr ...", flöte ich meinen unvollständigen Satz wie eine Nachtigall. Ich wusste gar nicht, dass meine Stimmbänder solche Töne von sich geben können. Als wäre ich geradewegs aus dem Feenreich entsprungen.

„Rosenbaum", stellt sich die Parfümwolke vor und reicht mir die Hand. „Leon Rosenbaum."

„Leon?", schießt es aus Elli heraus. „Wenn das kein gutes Omen ist. Meine Freundin heißt Leonie."

Plaudertasche!

„Ach, wirklich?", fragt Leon Sahneschnitte. „Was für ein charmanter Zufall."

Ich werde rot. Gott, ich will nach Hause! Raus aus dieser haarsträubenden Situation.

„Ja, in der Tat", sage ich ruppig. „Können wir jetzt zum Geschäftlichen kommen?" …

„Kein Sex mit einem Millionär"

von
Sabine Richling
Erschienen bei BoD als Taschenbuch und
E-Book

Das Leben könnte so schön sein. Wäre Leonie nur nicht mit dem falschen Mann verheiratet. Seit zwanzig Jahren klebt sie an ihrem Angetrauten, der sich zu einem Millionär und überheblichen Patriarchen gemausert hat. Leonie ist Geld nicht wichtig, darum will sie ihr Luxusdasein an den Nagel hängen und endlich wieder „normal" leben – ohne Mann. Doch dann lernt sie Leon, den vermögenden Immobilienhändler, kennen und es knistert gewaltig. Sie wehrt sich gegen ihre Gefühle, doch Leon ist ein exzellenter Verführer …

„Im Jenseits schmeckt die Liebe süßer"
von
Sabine Richling
Erschienen bei BoD als Taschenbuch und
E-Book

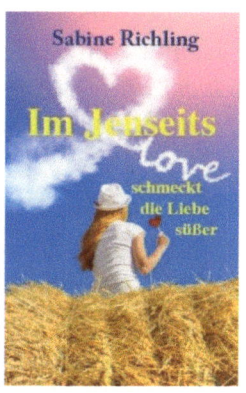

Die siebzehnjährige Lina ist in der Lage, mit Verstorbenen zu reden. Welch verrückte Gabe, die Segen und Fluch zugleich ist!
Dabei will sie nur eines: ein normales Leben führen und den attraktiven Florian näher kennenlernen. Und tatsächlich spricht er sie eines Tages in der Schule an. Er weiß von ihrem Talent und bittet sie um Hilfe. Lina möchte ablehnen, denn so hat sie sich die erste Verabredung mit ihrem Schwarm nicht vorgestellt. Aber sein Charme ist verboten sexy und auch er besitzt eine geheime Begabung.

Als Lina ein rätselhaftes Zeichen aus dem Jenseits erhält, ist sie zutiefst verunsichert. Sie befürchtet, sterben zu müssen. Oder versteht sie alles ganz falsch?

Eine spannende Liebesgeschichte voller emotionaler Momente. Eine Erzählung mit Herz und Humor, die sich der Frage widmet:
Gibt es ein Leben nach dem Tod?

Witzig, romantisch und übersinnlich.

Christina Lelewell und Sabine Richling

Sabine Richling ist 1968 in Berlin geboren und aufgewachsen. Nach Abschluss einer kaufmännischen Ausbildung arbeitete sie viele Jahre in einem Handelsunternehmen. Später wechselte sie zu einem Hamburger Verlag. Inspiriert durch die Verlagsluft schrieb sie die ersten Entwürfe einiger Kurzgeschichten. Eine Erkrankung riss sie aus dem Berufsleben, daher widmete sie sich verstärkt dem Schreiben.

Heute schreibt sie am liebsten Beziehungskomödien und unterhaltsame Kurzgeschichten. Im Dezember 2012 veröffentlichte sie den romantischen und humorvollen Roman „Ein Iglu für zwei", der aufgrund seines Erfolges anschließend als Hörbuch und in englischer Sprache erschien. 2019 wurde diese bezaubernde Lovestory unter dem Titel „Das Mädchen und der Star" neu aufgelegt.

Es folgten die amüsanten Liebeskomödien „Gefühlschaos inklusive", (heute unter dem Titel „Verlieben ist Chefsache") und „Liebe braucht keine Hexerei".

Bald entdeckte sie ihre Leidenschaft für Fantasy und Mystik. Es blieb unausweichlich, einen Roman zu schreiben, der alles vereint: Liebe, Romantik, Fantasy und Science-Fiction. Also holte sie sich Schützenhilfe und kreierte mit der Autorin Christina Lelewell den Fantasy-Romantik-Roman „Die Macht der schwarzen Perlen" (inzwischen unter dem Titel „Sternenmann sucht Erdenfrau"), der im Dezember 2015 in zweiter Auflage erschien und ein Genre bedient, das in seiner Form neu interpretiert wurde.

Zur gleichen Zeit arbeitete sie an dem Fantasy-Romantik-Thriller „Dach der Hölle", der mittlerweile ebenfalls in zweiter Auflage erschienen ist.

Im Oktober 2016 ging ihr neuer humorvoller Liebesroman „Kein Sex mit einem Millionär" an den Start für Fans der knisternden Romantik.

Und für Liebhaber des Übersinnlichen entwarf sie den Liebesroman „Im Jenseits schmeckt die Liebe süßer", den es seit September 2017 zu kaufen gibt.

Später schrieb sie die biographische Lebensge-
schichte ihrer damals übergewichtigen Freundin
Claudia Mey nieder, die sich innerhalb eines Jah-
res halbierte. Mit einer neuen Lebenseinstellung
und einer veränderten Sicht auf ihr bisheriges Ess-
verhalten gelang es ihr – ohne strenge Diät –, aber
mit Disziplin, ihr Wunschgewicht zu erreichen.
Die herrlich selbstironische Erzählung „Claudia
Mey / Dick war gestern", die Sabine Richling für
Claudia Mey in der Ich-Form verfasste, erschien
im Mai 2020 als E-Book und Taschenbuch.

Christina Lelewell wurde 1955 in Niedersachsen geboren. Ihre Freude am Schreiben drückt sie durch Kurzgeschichten aus, die sie daheim in Seevetal verfasst. Ihren ersten Roman „Die Macht der schwarzen Perlen" (inzwischen unter dem Titel „Sternenmann sucht Erdenfrau"), der im Dezember 2015 in zweiter Auflage erschien, schrieb sie gemeinsam mit ihrer Freundin Sabine Richling, was eine besondere Herausforderung und unvergleichliche Erfahrung für sie war.

Das ist doch unfassbar! Annika kann nicht glauben, was ihr gestern auf Cillys Party passiert ist: Da trifft sie einen außergewöhnlichen Mann mit Charisma, der sie prächtig unterhält, und dann das: Der attraktive Typ lügt ihr direkt ins Gesicht und behauptet ernsthaft, ein Außerirdischer zu sein!

Schon bald wird er ihr unheimlich und sie verlässt überstürzt die Feier. Doch sie kann sich aus seinem Bann nicht lösen und begegnet dem anziehenden Fremden erneut, der ihre Gefühle gewaltig verwirrt. Wer ist er?

Das spannende Abenteuer um zwei Freundinnen und den Helden aus einer fernen Welt beginnt.

„Wegträumen ist erlaubt."

„Liebe, Fantasy und ferne Welten"